宮城県気仙沼市本吉町を訪ねた著者（2014年5月）

石巻日日（ひび）新聞に取材を申し出た。ボクが勤務する宇部日報と社歴が同じ（震災当時発刊九九年）だった。

石巻日日新聞といえば、津波で輪転機が被災し手書きの壁新聞で休刊を回避し世界的に有名になった。菊池寛賞を受賞しテレビドラマにもなった。当時の報道部長とは訪石するたびに一献を傾けて新しいまちづくりについて聞く。美談としてしばらくメディアに取り上げられていた壁新聞。彼の口から「チリ地震　一九六〇年）で三陸沿岸を襲った津波を教訓にして、社屋を高台に移転すべきだった。決して（壁新聞の発行は）誇れるものではない」と本音が漏れた。

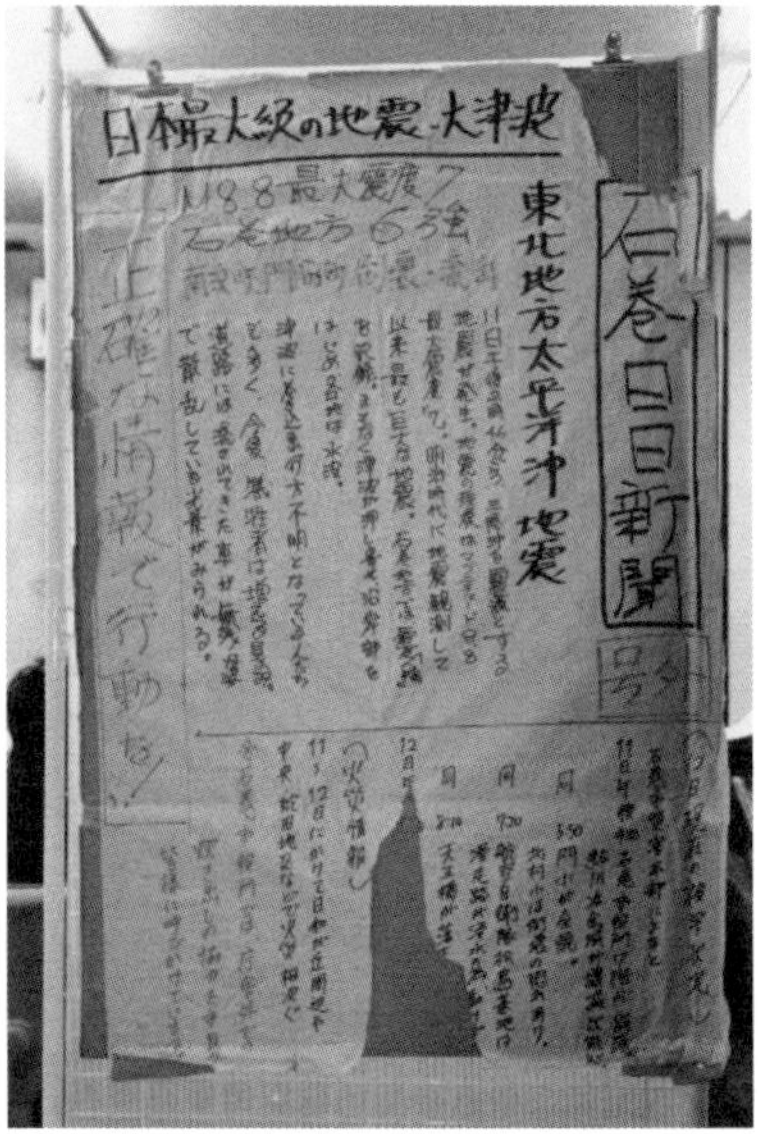

〈使用写真〉

扉　がれきの中で見つけた母子健康手帳（宮城県石巻市・2011年4月）

Ⅰ扉　焼けただれ放置されたままのバス（宮城県気仙沼市・2011年8月）

Ⅱ扉　種田山頭火（松山市立子規記念博物館蔵）

Ⅲ扉　田部郵便局舎

（「皇紀二千六百年記念　写真帖　長門特定郵便局長会」・稲田家蔵）

旅する詩人

永冨 衛

◆エッセイ集◆

被災地と向き合う

〈3・11〉に向かう年末あたりから毎年、心が落ち着かない。年明けから被災地取材のスケジュールを組み始める。偉そうな言い方をすれば、新聞記者の使命「やらねばならない仕事」と自分に課しているからだ。

震災直後から吐き気、うつ症状に悩まされた。ルーチンワークとして記事を書くのもままならない異常な精神状態が続いていた。これは現地に行かなければ、現地を見なければ解消できない。一か月後の四月中旬、一〇人で編成するボランティア団体に同行し、半分は記者として宮城県石巻市に駆けつけた。ボランティアの人以外に可能な限りの物資を積んだ大型バス、市民の協力で集めた炊き出し用の食材や衣類など積載した大型トレーラーウイング車、一四キロリットル満タンに水道水を入れた給水車の三台が連なって山口県宇部市から大阪を経由、新潟から福島へ横断して三陸沿岸を北進。実に二〇時間かけて到着した。

道路沿いに山積みされた車や船などのがれき。思い出や記念の品々がヘドロに埋もれている。これが宇部市と地続きの本州かと目を疑いたくなるような光景が広がっていた。

石巻市では、海から数百メートル地点で避難所となっていた小学校のグラウンドを拠点（バ

ス中泊）に炊き出しの手伝いをしながら被災地に申し訳なさを感じつつ、合間を縫ってカメラで撮影して回った。周囲のすべてが非日常の被写体。緊張感と変な高揚感が混在する異常な精神状態で、手を震わせながらシャッターを切った。

小一時間歩いて津波でなぎ倒された雑木林のがれきの中に「母子健康手帳」を見つけた。手帳にふれることで入ってはならない聖域に踏み込んでしまいそうだった。とっさに被写体の一つとして撮影しすぐさま立ち去った。三月一〇日までの被災地の風景を想像しながら、そのときのメモを頼りに書いた詩。「三月十一日まで〈3・11〉から」にたどり着いた。

昼までは二〇一一年三月十一日
昼からは〈3・11〉になった
数日後
福島はフクシマに変わった

あの日から十数年。東北へ何度も足を運ぶことで文化や文学も古里と地続きだと実感した。本書は、その道案内です。また出かけよう。まだ旅の途中だから。

永冨　衛

被災地と向き合う ……4

I 被災地を歩く

初めての宮城県石巻市 ……10
狐の嫁入り ……12
二重苦にあえぐ福島 ……14
止まったままの風景 ……16
一本松の街 ……18
リアス式海岸の景色 ……20
記者と記者の出会い ……22
語り伝える ……25
仁術の医 ……27
地域紙の連帯 ……29

奇跡の一本松（岩手県陸前高田市気仙町・2011年8月）

Ⅱ　文学めぐり旅

宮沢賢治と中原中也
山陽に山河ありし……34
雨ニモマケズの手帳……36
南北の記念館を結ぶ……39
中原中也の「思ひ出」
―煉瓦工場への道のり
「思ひ出」の詩と重なる風景……42
桃色れんがの幻影……44
急浮上する赤れんが……46
見えてきた風景……49
れんがは古里遺産……51
山頭火と平泉
俳人、愚を貫く……53
青春の自由律……55
滅びるものは美しい……57
死生観の行き先……59
山頭火と宇部
国境石をまたいだ句……63
宮本常一と遠野
民話の宝庫……67
民俗学の原点……69
壺井夫妻に誘われて……72

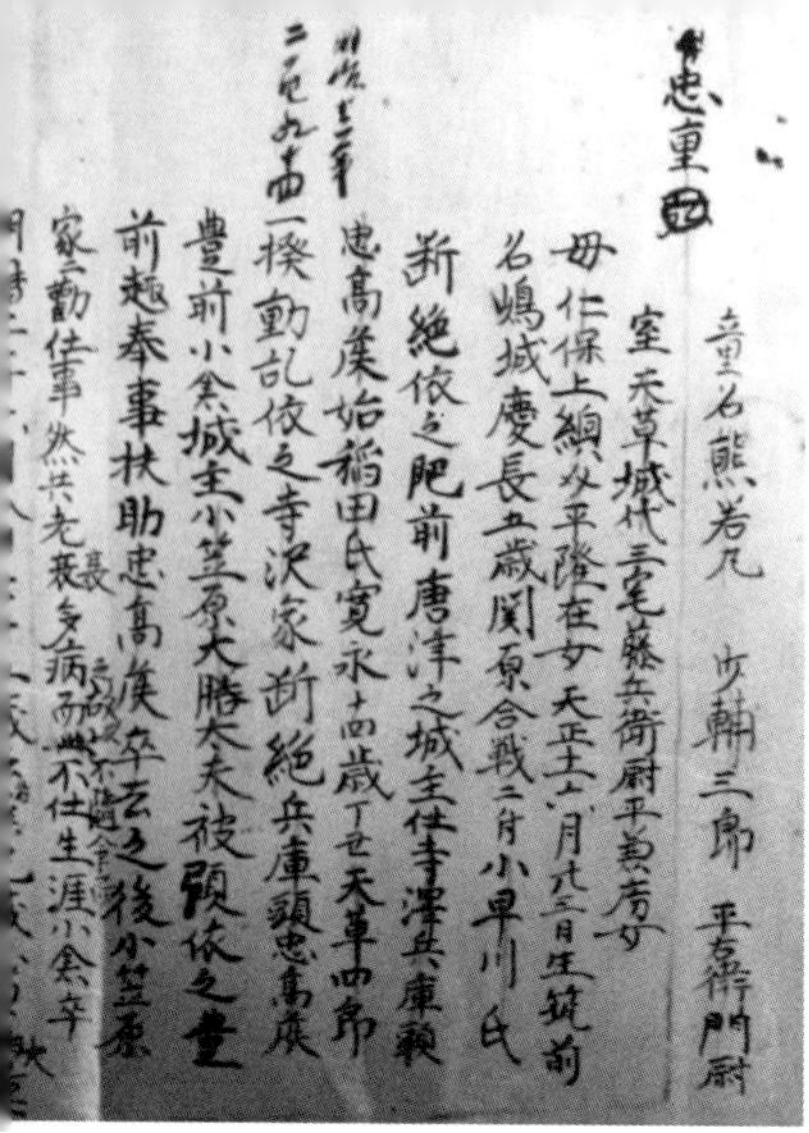

稲田家（山口県下関市菊川町田部）の家系図では、初代の忠重が明暦3（1657）年に75歳で亡くなった記録がある

III　魂の原風景

人生の中で一番価値ある経験……80

永富衛さんに聞く ✖ Interviewer　堀雅昭（作家・UBE出版代表）……85

あとがき……91

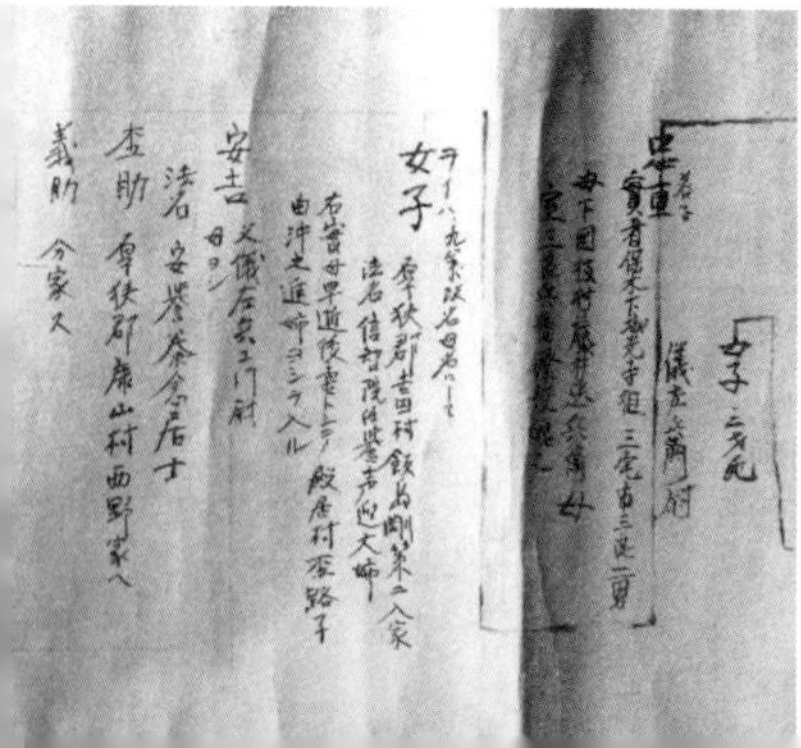

稲田家系図に見える永冨衛の祖父「杢助」の名

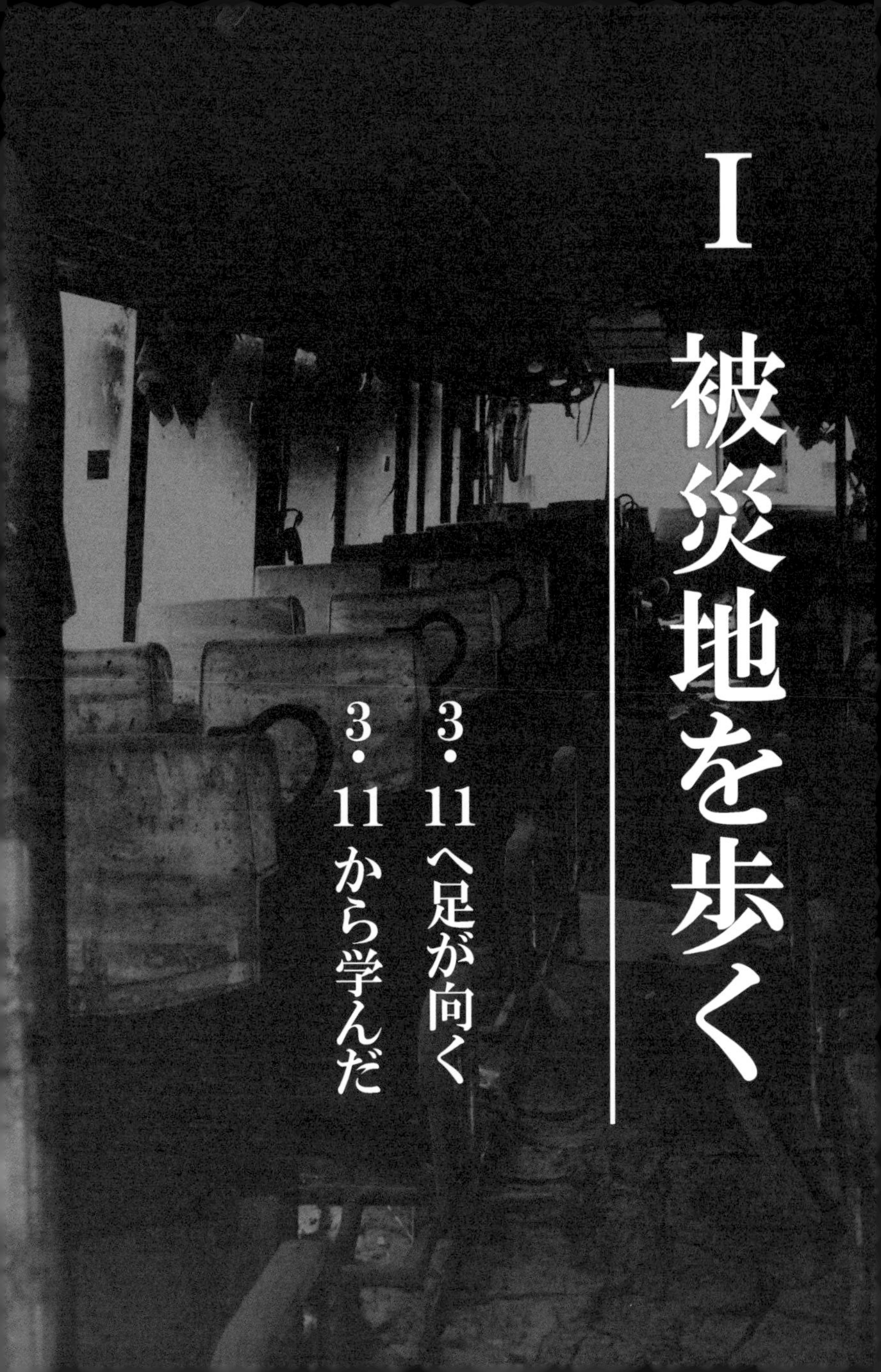

I　被災地を歩く

3・11へ足が向く

3・11から学んだ

初めての宮城県石巻市

東日本大震災が発生した二〇一一年三月一一日から一か月余りが経過した翌月の四月一五日、ボランティア兼記者として緊急車両用バスに乗り込み、被災地へ向かった。山口県宇部市から北上し大阪市から日本海側へ抜け、新潟市から福島県会津若松市を経由し、本州を横断した。

再び北上し県境を越えて宮城県に入った頃、行き先が決まった。避難所の石巻市立大街道小グラウンドである。宇部市をスタートして二〇時間かけたどり着いた。太平洋側の高速道路を走れば半分の時間である。さっそく現地ボランティアの車に同乗して、まずは津波の被害が大きかった沿岸部を走った。一面を割いて写真グラフ用に活用するため、炊き出しの手伝いをしながらその合間を縫って、被災地には申し訳ないと感じつつカメラで撮影して回った。

とっさに浮かんだのが、手書きの壁新聞を発行し世界的なニュースとなった石巻日日（ひび）新聞。取材を申し出ると、応じてもらえるとのこと。

武内宏之報道部長（当時）が快く引き受けてくれた。ワシントン・ポストの取材クルーが先客だった。その後、被災地を訪ねる際には、石巻市をほとんど経由にした取材が増えた。

壁新聞や被災した取材用カメラなどを展示し、石巻の歴史を紹介する日日新聞運営の石巻ニューゼ館長を、武内さんは兼任し退職。今春開館した「みやぎ東日本大震災津波伝承館」の主任解説員を務めている。

伝承館のそばには、幼稚園バスで帰宅中に津波に巻き込まれた園児の遺品などを公開する伝承交流施設MEET門脇が昨年開設された。展示提供者は長女愛梨ちゃんを亡くした母親の佐藤美香さん。佐藤さんのように、家族を失った被災者には二つの時計があると実感した。一つは昨日と明日をつなぐ時計。二つ目は震災で突然、断ち切られた記憶の中で刻まれる時計だ。

佐藤さんとも連絡を取り合っている。愛梨ちゃんより三歳下で当時三歳だった妹の珠莉さんは中学三年になった。愛梨ちゃんの中学生を想定して誂（あつら）えた制服を着て通学している。姉の年齢を超えて生きる珠莉さんには複雑な思いがあるともいう。

「珠莉は記者になりたいようです」と佐藤さん。母親と共に珠莉さんはたくさんの報道関係者から取材を受け、それが夢へとつながっている。そんなうれしい便りが届いた。

来場者に応じる武内さん（宮城県石巻市の石巻ニューゼ・2017年2月）

狐の嫁入り

山口県宇部市では毎年五月三～五日の三日間、春の風物詩の新川市まつりが開催される。その年の挙式予定者を公募し、選ばれた花婿と花嫁がキツネに扮（ふん）して出会いの儀を行った後、神前結婚式を挙げる。まつりのメインイベントの「狐（きつね）の嫁入り」である。

宮城県気仙沼市で災害ボランティアを続ける宇部市の清水幹生さんらを介して二〇一一年の「狐の嫁入り」に、同市本吉町で被災し婚姻を控えたMさんカップルが招待された。東日本大震災からまだ二か月足らずで、「自分たちが祝福を受ける」そんなイベントに参加する気持ちになれたかどうか、個人的には疑念に駆られた。

まつりから三か月後の八月中旬、その思いを確かめたくてMさんを訪ねた。被災家屋のそばの小屋にいた。両親との四人がどうにか暮らせる小さな生活空間である。質問の言葉がなかなか見つからず、真意を確かめられなかった。まつりから三年後の一四年五月、新築されたMさん方を再び訪ねた。その後、Mさん夫妻はそれぞれの道を歩んでいると伝え聞いた。

無神経にも被災者のプライバシーに土足で踏み込んでいたのではないかと振り返った。以降に発生した熊本地震（一六年四月一四日）、九州北部豪雨（一七年七月五～六日）、平成三〇年七月豪雨（一八年六月二八日～七月八日）などの被災者取材で、Mさんから得た反省点を生かそうと心がけた。

たびたび訪れる同市では、演歌「港町ブルース」の歌詞で知られる波止場付近に宿泊。ボランティアに専念する清水さんの日常を追い、その合間に復興商店街を取材した。

マグロの水揚げでは日本を代表する遠洋漁業の基地、気仙沼漁港そばに立地する商店街。かつては一流料亭の調理場を任された料理人に話を聞いた。四畳半ほどの狭い店舗。注文を受け、うどん定食を作るその店主の姿に物悲しさが漂っていた。

津波で鹿折（ししおり）地区に打ち上げられた巻き網漁船「第十八共徳丸」を撮影。市

打ち上げられた第十八共徳丸（宮城県気仙沼市鹿折地区・2013年2月）

は保存を希望したというが、市民アンケートを踏まえ一三年九月、解体が発表された。震災遺構として残すか、住民に配慮して壊すか、地元で揺れ動く空気を感じるきっかけとなった。

二重苦にあえぐ福島

かつては全国有数の産炭地でつながってきた福島県いわき市と山口県宇部市。いわき市に対して宇部市は震災直後から市職員を派遣、市民参加の希望ウオーク「被災地の現実（いま）」を企画するなどで支援した。

取材で避けて通れないのが東京電力福島第一原発事故による放射能の影響だ。

二〇一六年八月、宇部市に被災者を招待し一週間の夏休みを過ごしてもらう「夢プロジェクト」公募で、福島県の自閉症児とその母親の三家族が選ばれた。放射能が少なく、子どもたちが安心して外遊びできる場をインターネットで検索し、この企画を知ったという。受け入れ団体は「福島の子どもたちとつながる宇部の会」（橋本嘉美代表）だった。

同会の紹介で二年後、三家族のうちの二人の母親に会った。いわき市の佐藤喜子さんは「宇部ではまさに夢をもらった。こんなプロジェクトを続けてほしい」と振り返り、「子どもの甲状腺検査の結果は、前回のデータより悪くなければ、良しとする」と打ち明けながらも不安は隠せない様子だった。福島市の山川妙子さんは「親の間では、原発事故による放射能の影響の程度を考えて子育てに関する意見が割れる」と切実な思いを語り、「勇気を出して本音を言いたいが、どっち付かずの自分がいる」と、とまどいを漏らした。これが多くの親が抱える現実だと痛感した。夢プロジェクトは一二年、一四年、一六年の三回実施。その後、宇部市の予算に盛り込まれず、それを悔やむ声を残し終了した。

二〇二二年三月、六年ぶりにいわき市に入った。観光施設面から復興状況を把握するためだ。東北地方最大規模を誇る水族館、アクアマリンふくしま（古川健館長）を訪ねた。

震災前の年間入場者数は九〇万人程度。原発事故で風評被害に遭いながらも約五〇万人を維持してきた。しかし一昨年からのコロナ禍で約三〇万人へと急下降。NPO法人などとは違い、利用料金制を導入し収益を重視する公益財団法人運営のため、財源不足は深刻な問題だ。

ただ手をこまねいているわけではない。水族館そばに四年前にオープンした大型商業施設や、観光遊覧船乗り場を併設する大型アーケード関

周囲の商業施設に協力要請し再興を目指すアクアマリンふくしま（2022年3月）

係者に働きかけ、利用者の回遊性と相乗効果を進めるための協議が始まっていた。古川館長は、「水族館の運営は厳しいが、その新たな魅力と在り方を考えるきっかけにもなる」と意気込んだ。

止まったままの風景

阪神淡路大震災（一九九五年一月一七日）の被災者・遺児を受け入れるボランティア活動を共にした同郷（山口県宇部市）の男性Hさんが、福島県南相馬市で被災者に対応する臨時職員を務めている。二〇一五年の年末、そんな情報を聞きつけて連絡を取り、同市の現状を取材したい旨を伝えた。

心の病もあって地元の役所を四〇代で早期退職していたHさん。南相馬市行きを受諾してくれた。事前のやりとりをしていて、数か月前までの二年間、除染作業員を務めていたと打ち明けた。

Hさんは宇部市の平和を願う草の根グループ「えんどうまめ」（石川悦子代表）に所属し、旧ソ連で起きたチェルノブイリ原発事故（一九八六年）をきっかけに、ウクライナ・キエフ（現表記・キーウ）の被ばく者を支援。二〇一二年に来日し南相馬市訪問を希望するウクライナ人、石川代表に同行した。それを縁に同グループが作った米を毎月、仮設住宅の被災者へ届けていた。

一六年二月、取材のためその仮設住宅を訪ねた。もともとボランティア精神の旺盛なHさん。除染作業員の時、南相馬市の被災者に対応する臨時職員に応募し採用された。苦情を処理し怒号に耐えながらの窓口業務。「どこの自治体窓口も同様のようですが、こっちが病みそうです」と漏らした。

Hさんの車に同乗し、飯舘村の放射能性物質を詰め込んだフレコンバッグ、牛の鳴き声がかすかに聞こえる浪江町の牧場、双葉町の帰宅困難区域、大熊町から見える福島第一原発などを撮影して回った。。

除染作業の実体験からHさんは、国が発信する除染ガイドラインの矛盾を指摘し、除染作業の限界を訴えた。それを聞きながら止まったままの風景を目の当たりにし胸が痛んだ。その中で、津波に耐えた南相馬市鹿島区の「かしまの一本松」（一七年一二月、周辺

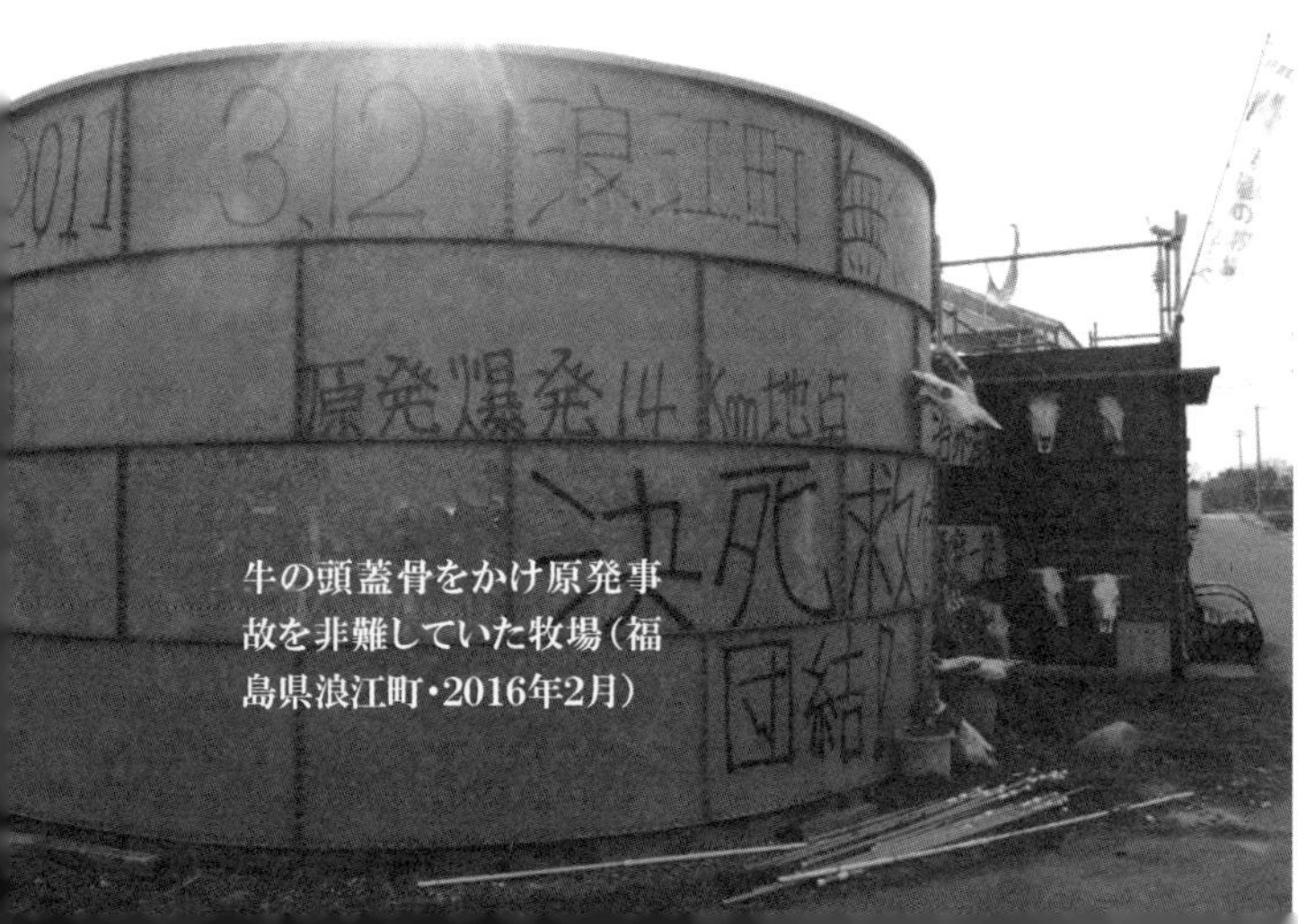

牛の頭蓋骨をかけ原発事故を非難していた牧場（福島県浪江町・2016年2月）

を防災林で整備するため伐採）をカメラのファインダーでのぞき、少し気持ちが和らいだ。

筆が立つ人だったHさんに、「宇部日報に体験を書いてみませんか」と打診したが、実名は困ると断られた。その後、甲状腺に異常が見つかり帰郷。今度は熊本地震（一六年四月一四日）で募集していた熊本市の臨時職員に就いたという連絡を受けた。

被災地に寄り添い半生を捧げるHさんの動向が気になる。長年の被災地取材で、そんなボランティアにたくさん出会った。

一本松の街

東日本大震災の被災地に初めて取材に入ったのが二〇一一年四月。以降の数年間、宇部日報の取材拠点である山口県宇部市内の小学校から大学までを対象に、しばしば講演する機会に恵まれた。

毎年一、二回しか被災地を訪れていない身として、被災者とじっくり向き合うような深掘り取材をしてきたわけではない。不安感を伴いながらも、自分で見た被災地だけは紹介できると腹をくくった。

講演先でまずプロジェクターに映し出すのは岩手県陸前高田市で、津波で唯一残った名勝・高田松原の「奇跡の一本松」。一本松へはこれまで五回、出かけた。〝定点観察地〟として撮影している。

一回目は震災から五か月後の一一年八月一一日。すでに仮死状態だった。一本松の周りに入り込む海水を除去するため、電動ポンプが稼働していた（目次写真）。

二回目は一三年二月二〇日。モニュメントとして保存するため、特殊樹脂によるレプリカで再現を目指す工事中だった。その根元部分と幹の一部を撮影した後、解体中の陸前高田市民会館にカメラを向けた。大量の塩水をかぶったはずの携帯電話が翌日に見つかり、電源を入れると、震災当日のメールに残されたやりとりがニュースで流れた。改めて市民会館の写真を見ながら、心が震えた。

知人や家族にも被災地を見てほしい思いが年々、募る。三回目は一四年五月二三日。日常、人の命と密に接する訪問看護師の妻を誘った。一本松はすでにレプリカとして生まれ変わっていた。以前

モニュメントにするため基礎工事中の「奇跡の一本松」（岩手県陸前高田市・2013年2月）

の街並みに、山の土砂をベルトコンベアで運んで埋め立てる最中だった。

四回目は一八年二月二四日。「奇跡の一本松バス停」を降りた。小雪が舞い散る寒さの厳しい夕刻、〈3・11〉関連の事前取材を終えたとおぼしきテレビクルー数人に会釈し、入れ替わるように約一キロを歩いた。愛媛大教育学部三年の一人旅の女子学生に出会った。小学校教員を目指すという。「将来、子どもたちに被災地の話をするとき、授業の材料になるかも。一本松は見ておきたい」と語ってくれた。

メディアは震災から節目ごとに一本松を、月や雪などと撮影して取り上げる。五回目は一九年二月二一日。復興終了の目安（震災から一〇年後）とされていた二年前。完成間近の巨大堤防を背景に撮影した。大きな感動はなかったけれど、一本松が見つめる新しい街並みの躍動は感じることができた。

リアス式海岸の景色

東日本大震災が発生した二〇一一年三月一一日から二日後の一三日、山口市で開かれた震災支援イベントの取材中に、知人女性から声をかけられた。「息子（次男）と携帯電話で連絡が取れない。アルバムを引っ張り出して顔写真を選びました」。遺影である。涙が枯れ果てた後で、すでに腹が決まっているようにも見えた。

息子さんは岩手県大船渡市の北里大海洋生命科学部三陸キャンパス（現、同学部付属三陸臨海教育研究センター）に在籍していた。震災の混乱の中、一週間後に神奈川県の相模原キャンパスに避難していたことが分かった。

それが大船渡市の名前を意識したきっかけである。お恥ずかしいが、山口県宇部市を拠点にする宇部日報の取材エリアである隣市、山陽小野田発祥の太平洋セメント（旧、小野田セメント）の工場があったような？　その程度の知識した持ち合わせていなかった。

大船渡市を再び意識したのは一八年九月。西日本豪雨災害（同年七月上旬）の被災地に届けてほしいと、同市の吉浜小児童が集めた義援金一万四〇〇〇円が、子どもたちの教育支援や人権問題に取り組む人間いきいき研究会代表の森法房さん（宇部市）を通じて、宇部日報に寄託された。森さんの親友で同小の卒業ア

募金活動を再現してくれた児童会メンバーと村田さん（岩手県大船渡市の吉浜小・2019年2月）

ルバムを製作する地元の写真家、村田友裕さんからの働きかけで実現した。

どんな子どもたちなんだろうか。翌一九年二月二二日、被災地だからこそ全国各地の災害に理解を示す児童会の活動や防災教育の取り組みを聞くため、同小へ向かった。

「車で案内するのは簡単だけど、沿線の景色を見てほしい。瀬戸内では見られない絶景に出合えます」と取材をサポートしてくれた村田さん。三陸鉄道に乗車し、リアス式海岸の景色を堪能し吉浜駅に到着した。村田さんは車で先回りし駅で待機してくれていた。

風光明媚（めいび）な高台にあった児童数五一人（当時）の小規模校。募金活動は児童会が学校側に申し出て始まった。校内放送でも西日本豪雨災害のことを知らせ、募金箱を持って協力を呼びかけたという。

過去の津波の教訓を伝承する吉浜地区。東日本大震災では犠牲者は一人も出していない。千葉英悦副校長（当時）は「下校時に自ら考えて高台に逃げる訓練を習慣づけている。それに合わせて住民も加わっている」と日ごろの訓練の重要性を強調した。これこそ減災への教えだと実感した。

記者と記者の出会い

宇部日報は毎年、〈3・11〉に合わせて関連の連載を組むため、その前年一二月ごろから取材スケジュールを調整する。二〇一七年もそうだった。翌一八年の連載用に何か取材のアイデアはないだろうかと編集内の記者に投げかけた。東北の大学を卒業し、かの地を熟知する記者が一枚の名刺を見せてくれた。「一般社団法人　大槌新聞社　菊池由貴子」と刷り込まれていた。岩手県大槌町で二〇一二年六月から孤軍奮闘しながら、一人で週刊新聞を発行していた記者である。

アイデアをくれた記者は一六年八月、日本記者クラブ（東京都千代田区・日本プレスセンター内）で開かれた記者研修会に参加し、講師に招かれて「市町村新聞のすすめ」をテーマに話した菊池さんと名刺交換をしていた。記者研修会から一年四か月が経過していたが、その名刺の連絡先を頼りに一八年一二月、菊池さんと連絡を取った。日常の取材活動に密着させてほしい旨を伝え、承諾を得た。

大槌町役場職員二八人が津波にのまれて亡くなり、町を動かす人的機能を失ったニュースは衝撃的だった。菊池さんから、「毎週金曜夕方にリリースされる町長日程で日々の取材を組み立てる。水曜なら比較的に時間の余裕が持てる」とメールが届いた。持病を抱え新聞の発行にも体力的にも限界に近づいていている言葉も添えてあった。

取材日は一八年二月二一日（水曜）で折り合いがついた。町長が大槌町旧庁舎の解体予算案を三月議会に提出するという流れになっていた。菊池さんは「おおづちの未来と命を考える会」の関係者を紹介してくれた。揺れ動く町民感情の現状が分からないので、軽率な質問はできない。ただ聞くだけにとどめた。

被災地を訪ねて震災遺構として保存か？　解体か？　意見が二分された町にしばしば遭遇した。菊池さんの口ぶりから、「保存派か」と察した。三月議会で旧庁舎の解体が可決された。翌一九年二月、解体が完了した。

コロナ禍で二〇年と二一年の二年間、東北取材は叶（かな）わなかった。そこで二一年は「震災から一〇年の〈3・11〉をどう伝えるか」をテーマに、被災地の地域紙にアンケートを求める企画を考えた。

菊池さんに二月、取材を申し込んだが断られた。翌三月末の全国紙で、防災士として新たな一歩を踏み出したのを

保存か、解体かで町が揺れた大槌町旧庁舎（岩手県大槌町・2014年5月）

知った。目を輝かせて「権力批判で書いている」と語ってくれたあの日。耳底に重く残っている。

語り伝える

岩手県宮古市の「たろう観光ホテル」は、初めて国費が投入された東日本大震災の震災遺構として話題を呼んだ。

最上階六階から見る三陸沖には、どんな風景が広がっているのだろうか。見渡したい。そんな素朴な思いから、宮古観光文化交流協会に問い合わせて、田老(たろう)の学ぶ防災ガイドの語り部を紹介してもらった。

たろう観光ホテルは一〜三階が津波被害に遭い、一階と二階が抜け落ち鉄骨はむき出し、四階以上はほぼ震災前の状態で残っている。最上階の六階でホテルの社長が撮影した津波の動画が流れる。DVDは門外不出。同じ場所だから価値があるとして、そこでしか視聴できない。

元田久美子さんが案内役を担ってくれた。若い頃にバスガイドだった経験から防災ガイドにと声がかかり、震災一年後の一二年四月から始めた。

同居だった義母は行方不明のまま。義父の口ぐせだった戦争体験の追体験と同様に伝えなければならないと実感しているという。「車はバックで止めて、靴先は外へ向けてそろえる」と来場者に呼びかけ、ささいな動作が減災に役立つと強調していた。

　元田さんはこれも見てほしいと、ホテルのそばにある田老町漁業協同組合の製氷貯氷施設を案内してくれた。壁面に表示された過去の津波水位「（上から）平成一七・三メートル　明治一五・〇メートル　昭和一〇・〇メートル」の黄色いプレートに心が動いた。

　津波で四階の屋上に避難した児童、教職員、住民三二〇人全員がヘリコプターで救助された宮城県仙台市の荒浜小、住民への避難指示を放送し続け職員四三人が犠牲となった同県南三陸町の旧防災対策庁舎などの震災遺構を案内する語り部たちを、一八年と一九年の二回にわたって取材した。

　犠牲者がいなくても伝承する使命感を持つ、身内に犠牲者を出したから身を持って伝える、語り部を志願する動機はまちまち。だが、皆さん一人ひとりが間違いなく被災者でもある。

「たろう観光ホテル」（岩手県宮古市田老・2018年2月）

一九四五年八月六日に広島市に投下された原爆による被爆者は、隣県の山口にも多い。個人的には、いとこ（故人）、隣家のご主人も被爆者健康手帳を所持している。伝承といえば、被爆体験をした語り部が年々減っている。追体験を含めてどう伝えていくかが喫緊の課題。原爆も津波も伝承という概念では同次元だと実感する。

仁術の医

東日本大震災の被災地取材では、現地の自治体に情報を求めない姿勢を貫いてきた。言わずもがな情報を操作されたくないからだ。しかし唯一、連絡を取った自治体がある。岩手県田野畑村役場だった。

国民健康保険田野畑村診療所長、近江三喜男さんを追いかけている。事の発端は二〇一二年一二月。「市内（山口県宇部市）にいた医師が被災地で孤軍奮闘している。先生に治してもらった身内がいる」と耳にした。一三年二月、岩手県陸前高田市の近江さんを訪ねた。近江さんは一九八一年四月から八八年七月までの七年三か月、宇部市にある山口大医学部付属病院第一外科に勤務した。山大を去った後、卒業した東北大教授時代も含めて、心臓血管外科医として数々の大手術を手がけたスーパー・ドクターである。

近江さんが出身地の陸前高田市で関わった医療に触れなければならない。スーパー・ドクターからの転機は二〇〇六年四月。同市の広田半島にある広田診療所から医師が引き揚げるのを知り、志願を申し出た。

震災後、仮設診療所の設置は避難所閉鎖から二か月後。感染症対策などの問題を重視し、何度も市と掛け合い改善を求めたが善処されない。同じ高台で集会所が先に着工されるなど不満が募った。怒りが爆発し一六年の年末、一一年間勤務した診療所を辞職した。その後、かつては日本のチベットと言わ

近江医師（岩手県田野畑村の国保田野畑村診療所・2018年2月）

れ、戦後の引き揚げ者らによる開拓から集落が形成された無医村の田野畑村を、友人を通じて紹介され、縁を感じて診療所長に就任した。

一八年二月、再び取材依頼した近江さんから、「ここに来るなら、読んでおいて」と勧められた本がある。住民の健康と幸福を第一に考え原発反対運動にも力を注いだ岩見ヒサさんの半生記「吾が住み処ここより外になし—田野畑村元開拓保健婦のあゆみ」。過酷な開拓の歴史とともに家族の在り方、人生訓などが本に詰まっていた。

診療所で愚問だと思いつつ、「いつまで続けるんですか」とぶつけた問いに、「後任がいないんだもん」、村民約三八〇〇人（取材当時）の医療を一人でこなす田野畑村では「重労働では？」と投げかけると、「でもね、人の役に立っている実感がある」。そしてつぶやいた。「田野畑刑務所で無期懲役の勤めを果たしている。そう言うと皆さん、喜んでくれる」。その言葉に近江さんの生き方が集約されていると思った。

地域紙の連帯

被災地を取材するとき、地域紙にも情報の手を借りる。地元の事前情報の取得は必須だから、列車を降りるとコンビニで即座に購入する。併せて、地域紙が発行する東日本大震災の記録写真集もそろえておく。その土地の被災状況を把握しておきたいからだ。

岩手県盛岡市の盛岡タイムス社が二〇一一年九月に発行した陸上自衛隊岩手駐屯地の災害派遣をまとめた「ありがとう　勇士たち　自衛隊」を買い求めた。他にも「故郷永久(ふるさととは)」(宮城県・三陸新報社)、「その時、大崎は…」(同・大崎タイムス社)、「いわきの記憶」(福島県・いわき民報社)、「空から見た爪痕」(岩手県・東海新報社)なども同様。仕事のためとはいえ、被災地取材に先々役立てたいので購入し、身近に置く。

自衛隊の活動を取り上げた盛岡タイムス社の写真集には、特に思いがあった。二〇一一年四月、取材を兼ねてボランティアをした宮城県石巻市でのこと。帰社して連載で「命令がなければ動かない自衛隊員は、ボランティアの作業を遠巻きに見ているだけで、力を貸そうとしない。矛盾を感じないではおれなかった」と、見たままを書いた。「あなたは活動の内容を知らないから」と、自衛隊員を子に持つ母親から涙声で訴えられた経験がある。その後、購入した「ありがとう　勇士たち　自衛隊」のページを開き、反省させられた。震災から一〇年の二〇二一年。被災地の地域紙は〈3・11〉をどう伝えるか。宇部日報は連載テーマ「記憶　風化させない」の第二部を「まちと歩む地域紙」(同年三月二二日から連載)とした。

被災地復旧に活動する自衛隊員（宮城県石巻市・2011年4月）

被災地に届けた救援物資。背景に自衛隊の災害地派遣車両（同上）

コロナ禍のため現地取材ができず、福島・宮城・岩手三県の六紙へアンケートを求め、それを基に連載を組んだ。内陸部と三陸沿岸部では被害状況が違うため、紙面展開も温度差が生じるのを実感した。

二〇二二年三月六日、盛岡タイムス社の紹介で、内陸部で唯一の災害公営住宅のモデルケースとされる岩手県営南青山アパートを訪問した。アパートが完成して一年。被災者を受け入れる当初の役目を終えたとして、空き室への一般入居者の募集を開始した時期で、運営する青山コミュニティ番屋を取材した。地域紙の存在意義を改めて感じている。

Ⅱ 文学めぐり旅

風と土が出あう
風土が人を結ぶ

宮沢賢治と中原中也

山陽に山河ありし

岩手の宮沢賢治（一八九六～一九三三年）と山口の中原中也（一九〇七～三七年）。生涯、出会う機会のなかった本州の東端・西端の詩人の両雄を語るには、詩人永瀬清子さん（一九〇六～九五年）は避けては通れない。学生時代から出版していた個人誌「彷徨（ほうこう）」二八号で詩人をインタビューする「顔」コーナーに登場していただいた。

同コーナーは女性の詩人に限定。高田敏子さん（一九一四～八九年）、福中都生子（ともこ）さん（一九二八～二〇〇八年）、新川和江さん（一九二九～）らを紹介した。長年、人を取材してきた新聞記者の立場とは別に詩人の端くれとして、女性陣に詩作させている日常を、個人的な切り口で描くのを持ち味とし、顔の表情の変化をコマ撮りした写真も掲載した。余談だけれど、石垣りんさん（一九二〇～二〇〇四年）には、「〈顔〉を出すのは辞退したいと思います」と丁寧に断られた。

前置きが長くなった。男性の詩人なら時空を超えて賢治と中也のアンニュイな顔は撮り外せない。両詩人をテーマにした項目を含む永瀬さんの自伝エッセイ集「すぎ去ればすべてなつかしい日々」（一九九〇年・福武書店刊）を読んで、「顔」コーナーの取材意欲がヒートした。二人の詩人の素顔に少し迫れるかもしれない。

永瀬さんと言えば、賢治が逝去した翌一九三四年、東京新宿の喫茶店「モナミ」で開かれた追悼会に参加した二十数人の一人であるのは周知のこと。賢治と中也に関する生の声を聞きたい。九三年一二月、岡山市に住む永瀬さんに、手紙を添えて「彷徨」のバックナンバーを数冊送り、取材の申し込みをした。

手紙の返信はがきには、「今年秋はすこしいそがし過ぎたため、私は入退院をくりかえしました。いまは、ややよろしいのですが、なるべく安静にしていたいので、もしおいで下さるとしても春になってからの方がよろしいのです（できれば四月ごろか）。高血圧が原因の眼の出血など

㊤から

高田敏子さん
（新宿区の自宅・1987年）
新川和江さんと永冨衛
（JR 岡山駅前・1996年）
福中都生子さん
（大阪市南港・2000年）

でした。今はすこし好転していますが—。『黄薔薇』(※)お送りします」。

送られてきたのは「黄薔薇年譜」を特集とした同年三月発行の「黄薔薇」一三五号(表紙に「永瀬用」と直筆)。永瀬さんは「心辺と身辺(続)—四十周年号のあとに—」で「『私は地球』を一気に書いた農婦としての私は(中略)自分がいまだに『詩人』であればよいと思っている一人の『素人』なのだ」と書いていた。その結末部分に詩人の強いこだわりを感じた。

一九九四年四月、永瀬さんを訪ねた。母屋に隣接した書斎を案内された。入り口に「銀河ステーション」と書かれた木製の大きな表札が迎えてくれた。言うまでもなく、賢治にリスペクトを示し「銀河鉄道の夜」の六シーン「銀河ステーション」から拝借したことは疑う余地もなかった。

※　一九五二年に創刊した永瀬さん主宰の詩の同人誌

雨ニモマケズの手帳

永瀬さんは、しばしば学校歌の作詞を手がけてきていて、それに関するエッセイを書き終えたばかり。書棚を背景にし、小柄ながら風格ある八七歳とテーブルを挟んで座った。「宮沢賢治と中原中也に関して、思い出をお聞かせください」と切り出すと、「最近は記憶がおぼつかなくて」とニコニコと返された。ならばと、持参した「すぎ去ればすべてなつかしい日々」を取り出して、サインをしていただき、「この本を参考にさせてください」とお願いした。「彷徨」は非売品であるのを説明した上で、賢治と中也に関して記述されている項目の一部を引用させていただくことに承諾を得た。

賢治に関してお聞きした。「草野心平さん（一九〇三～八八年）から追悼会への案内がありました。花巻の人、東京の詩人たち二十人くらいいました。そこに例のトランクがありまして、そのポケットに私は確かに黒い革張りの手帳に書かれていた『雨ニモマケズ』を見ました」。

永瀬さんが当時所属していた詩誌「麺麭（パン）」に、心平から紹介してもらった「春と修羅」の感想文を賢治に読んでもらうため届けたかったけれど、賢治の住所が分からず、それは叶（かな）わなかったという。

中也に関してお尋ねした。「中也の詩は嫌

永瀬清子さん
（岡山市内の自宅・1994年4月）

いじゃないけど、好きでもない。特別に意識はしてきませんでした。ただ詩の世界を一般的に広めたことは評価に値します」と述べられた。金沢時代の幼稚園で永瀬さんの一級下だった中也。まさに同時代を生きた現役詩人の言葉で目は生き生きしていた。

金沢での中原家。前列左端が中也(中原中也記念館蔵)

幼い日の中也の印象を伺うと、「私は商店街近くに住んでいて、みんなうちに来て遊んでいました。中也のお父さんはえらい軍人さん。〝下々〟とは遊んではいけないというふうだったのでしょう。私たちとほとんど遊んだ記憶はなく、中也の遊び相手は限られていたはずです。だから彼は寂しかったのでは」と振り返られた。

しかし「すぎ去ればすべてなつかしい日々」には「後年彼と話していて判った。彼はなつかしそうに、赤い煉瓦(れんが)のかけらを大きな石で砕いて粉々にし、赤砂糖屋ごっこをしたことも、二人の思い出が合致した」と記述。生活環境に距離はあっても、そこは子ども同士であったのだろう。

同書には、「幼かりし日々」の項目の一部しか登場しない中也に対して、賢治については「宮沢文学との出合い」と題して、出会いを細かく描写している。その〝文量〟が永瀬さんの賢治と中也への思いを計る物差しとは必ずしも言えない。ただ多感な時代に読んだ賢治作品に影響を受けた印象は否めない。

永瀬さんの誕生日と命日は同じ二月一七日。取材日はお亡くなりになったちょうど八か月前の四月一七日。歴史に名を残す賢治と中也について生の声を聞いた最後のインタビュアーはボクだったかもしれない。

南北の記念館を結ぶ

山口県の中央に位置する県庁所在地の山口市。温泉街として知られる湯田温泉の一角、中原中也の生家（中原医院）跡に一九九四年、中原中也記念館が開館した。中也の遺品、遺稿などを展示するとともに、定期的に企画展を開いている。

開館一〇周年のメモリアルとして、下関市の梅光女子学院大（現、梅光学院大）の学長を務めた日本近代文学研究者、佐藤泰正さん（一九一七～二〇一五年）や詩人・文芸評論家の北川透さん（同市在住）らの発案で、中也にとって大きな存在の宮沢賢治を取り上げ、二〇〇四年に特別企画展「宮沢賢治と中原中也」として実現。当時副館長だった現館長の中原豊さんが担当し、運営の指揮を執った。

宮沢賢治記念館（岩手県花巻市）や林風舎などの協力を得て、第Ⅰ部「宮沢賢治の登場」、第Ⅱ部「宮沢賢治の世界」、第Ⅲ部「宮沢賢治と中原中也　交響する宇宙観」の三部構成で実施。「イーハトヴ童話『注文の多い料理店』」（一九二四年・東京光原社刊）、「国訳妙法法華経」、教え子に贈ったバイオリンなどを借用した。生原稿は賢治記念館外への持ち出し禁止とされているため複製などを展示。入館者のアンケートで「賢治の直筆原稿を見れて感激です」の回答を見つけたのが、中原さんとって苦い思い出だ。

無名のころの中也が心動かされ購入した「春と修羅」は、知人にその読書を勧めて貸し、手元に残らなかったほどの特別な詩集。列車がメルヘンチックに雪原を走る、中也の数少ない童話「夜汽車の食堂」は、賢治の「銀河鉄道の夜」を意識したとされる。中也の賢治に対する敬慕の念が伝わってくる企画展でもあった。

宮沢賢治記念館は一九八二年に開館。年間の入館者数は二〇万人程度が続いた。九六年の賢治生誕一〇〇年記念展が過去最高の六三万七〇〇〇人余りと突出した数字を記録し

中原中也記念館の外観（同館提供）

宮沢賢治記念館の外観（同館提供）

た。近年は減少してきたとはいえ三〜四万人を維持。コロナ禍で一気に四万台後半に落ち込んだが、それが落ち着き始めて八万程度に回復傾向を示しており、五月に全国公開された映画「銀河鉄道の父」を、さらに入館者増の起爆剤にしたいところだ。

中原さんは、「当館よりケタ違い。詩人の中で賢治は特別な存在だと実感する」とファン層の厚さに驚きを隠せない。「賢治と中也の企画展から間もなく二〇年。切り口を変えてまた紹介できれば」と期待を込めた。賢治と中也の足跡をたどった開館一〇周年記念のパンフレットは増刷を繰り返し今春四刷を発行。販売コーナーの印刷物としては売れ筋である。

宮沢賢治記念館の学芸員の宮沢明裕さんは、「これまで当館で賢治と中也の企画展を開いていないが、（中也記念館で再開催となれば）ありがたいこと。二人の詩人のファンや研究者はたくさんいるので、大歓迎」と話した。

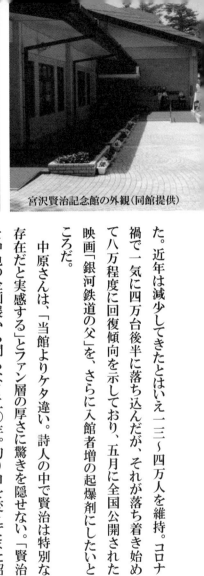

中原中也の「思ひ出」
―煉瓦工場への道のり

「思ひ出」の詩と重なる風景

大学時代は詩人気取りで、上衣の右ポケットに中原中也、左ポケットに一九五八年にノーベル文学賞候補者となった西脇順三郎（一八九四〜一九八二年）の詩集の文庫本をそれぞれ忍び込ませ、文学青年ぶって街やキャンパスを闊歩（かっぽ）していた。文芸サークルの誘いにも断っていた。サークルを上から目線で見ていたわけではない。

メンバーはいずれも文学や法学のつわもの揃い。文学に無縁の農学専攻のこの身、しかも我流で通している文章作法に不安がない訳ではなかった。

中也詩集はかっこうつけて持ち歩いていただけで、とりわけて関心があったわけではない。ただ山口の同郷、国語の教科書に中也の詩が登用されていた程度の関心しかなかった。あれから四十数年後、中也にまさか取りつかれようとは。

事の始まりは二〇二一年九月下旬。当時務めていた宇部日報の同僚から届いた、一通の社内メールの問い合わせに心が動かされた。山口市の中原中也記念館の知り合いの学芸員から、「中也の詩『思ひ出』に出てくるのは桃色れんが工場ではないかとささやかれている。風景は宇部の港をモデルにしたのではないか」といった連絡を受けたという。

思ひ出　　　　中原中也

お天氣の日の、海の沖は
なんと、あんなに綺麗なんだ！
お天氣の日の、海の沖は、
まるで、金や、銀ではないか

金や銀の沖の波に、
ひかれひかれて、岬の端に
やつてきたれど金や銀は
なほもとほのき、沖で光つた。

岬の端には煉瓦工場が、
工場の庭には煉瓦干されて、
煉瓦干されて赫々してゐた
しかも工場は、音とてなかつた

煉瓦工場に、腰をば据ゑて、
私は漸く煙草を吹かした。
煙草吹かしてぼんやりしてると、
沖の方では波が鳴つてた。

（以下略）

ボクが宇部日報の文芸欄担当なので、情報を持っているかどうか、なのだ。なんですって！　聞き捨てならない！　青天の霹靂（へきれき）である。まずは中原中也記念館に問い合わせてから真相を解明していくのが先決だ。

池田誠さん（学芸担当課長補佐）相手に、「思ひ出」を「宇部の風景をモデルにしたのでは」とささやいた中也の詩に詳しい大阪大名誉教授・哲学研究者の上野修さん（山口市）の二人から、会話を再現してもらうことにした。

同年一二月上旬、国宝瑠璃光寺五重塔（香山公園）そばの住宅地の一角、上野さん宅で池田さんと待ち合わせた。風合いのある古い洋風をほうふつさせる佇まい。厳しい冷え込みの中、薪（まき）ストーブで迎えていただいた。

山口現代芸術研究所（YICA＝イッカ）主催で二〇二〇年秋、「中原中也、永遠の風景」をテーマに実施された「アート・ウォーキング」の事前打ち合わせでの一幕だった。

上野さんは中也の好きな詩の一つとして「思ひ出」を挙げ、「山口の風景のように思えてならない。煉瓦工場はどこなんだろう」と投げかけた。

打ち合わせ終了後、上野さんはインターネットに掲載されていた写真付きの宇部市のれんが工場跡を見つけ、池田さんに報告した。所在地は西岐波村松の海辺。偶然にも、ボクが日課としているウオーキングコースだった。

上野さんの〝発見〟に強い関心を持ち、そのれんが工場跡を探し当てた池田さん。「今も残っているれんが工場跡があるとは驚きだった。まさに『思ひ出』の詩と重なる風景だった」と実感した。中也が岩場に腰をかけて、たばこを吹かしてぼんやり沖を眺めている姿を思い浮かべたという。

最初に中原中也記念館から届いた「桃色れんがでは？」の発想。その存在はもちろん認識していたけれど、炭鉱の町だからこそ、生産できたとはつゆ知らなかった。いわゆる石炭を燃やして残る灰（石炭がら）と石灰

18 歳ころの中原中也（中原中也記念館蔵）

を混ぜて乾かす製法。石炭の副次産品の一つで今風に言えばリサイクル製品である。

詩「思ひ出」は第一詩集「山羊の歌」に次いで、中也が亡くなり半年後に出版された第二詩集「在りし日の歌」に所収。四行を一連とする一四連の五六行。長詩である。国語の教科書に使用されている「一つのメルヘン」「サーカス」「汚れつちまつた悲しみに……」などに比べると、認知度は低いのが実情だ。

「思ひ出」には、「煉瓦工場」は一三回、「沖」が六回、「岬」は四回登場する。キーワードは「煉瓦工場」だ。どこだろうか? 「岬」は宇部市の南部に位置する岬地区のことかもしれない。

桃色れんがの幻影

れんがが工場で生産したのは桃色れんがだと想定して二〇二一年一〇月から取材を開始した。

一か月前の九月には、壁面に桃色れんがを模した宇部市庁舎が完成し、れんがに対する市民の意識が高まっていた。グッドタイミングである。

宇部産業史(一九五三年、渡辺翁文化協会・俵田明編)のページをじっくり捲(めく)りたい。インターネットで古書店から取り寄せた。れんがの記述ページがあるかどうかを探した。

「大正五年以来個人経営により厚狭郡埴生町(現、山陽小野田市)で炭滓(たんさい)煉瓦の製造に着手していたが、原料及び製品の需要供給の関係上、大正八年八月工場を宇部にうつし、同時に資本金十五万円び株式会社とした」とある。「宇部硬化煉瓦株式会社」のことだ。

宇部市(一九二一年市制施行)では沖ノ山や東見初などの炭鉱を多く抱え、桃色れんがの原料となる燃焼灰(石炭がら)の入手が容易だった。

郷土の歴史に深い関心を寄せる知人が、れんが工場について調べるボクに、「『煉瓦工場』が載っている地図を見たことがある」と教えてくれた。

地図は宇部市郊外の学びの森くすのきに保管されていた。

広島通商産業局宇部石炭支局(現在廃止)が一九四八年に作製した「東見初炭鉱・宇部炭田調査付随地図」。宇部大空襲(四五年七月二日未明)

で市街地が焦土と化す前の東見初地区一帯が描かれていた。その中の「東見初炭鉱坑外図」に、現在の大型ショッピングセンター(フジグラン宇部)の北側(宇部市昭和町四丁目)の位置に「煉瓦工場」が書き込まれていた。横には、桃色れんがの原料となる石灰を扱う「セメント倉庫」の文字を赤ペンで囲ってある。

一九二〇年に発行した宇部村勢要覧にも同所付近に「煉瓦工場」の文字が見える。翌二一年七月三日の宇部時報(現、宇部日報)紙面には、「漸(ようや)く販路も出来て　イザ是(これ)から腕を捲(まく)る　宇部硬化煉瓦の事業」の見出しで、「煉瓦の得意先としては東は大阪広島より西は関門地方を主とし対岸の大分別府方面からも歓迎されている。宇部の生産物としての権威を有するのは当然であろう」と書き、「煉瓦の真価を認むると共に低廉なる面において在来の赤煉瓦を駆逐」と強調している。

気持ちが冷めないうちにと、れんが工場と同じ東見初で育ち、常盤公園内にある石炭記念館の語り部として活躍する木下幸吉さん(当時九一歳)ならば、おそらく出合った光景ではなかろうかと確認を急いだ。木下さんは鮮明に記憶されていた。しかも紙にイラストを描いて。

「大きなれんが工場だったよ。木製の型枠に石炭の燃えかすを入れて、たくさんのおばちゃんたちが木づちでぱったんぱったんたたいていたのを、よく覚えている。子どもの目には赤に近い色に見えたなあ」と証言してくれた。

宇部産業史には、「一日平均千五百個、職工二十人、女工三十人、炭滓粉砕機三台、圧搾機一台」と、生産個数、機械類、それに関わった工員など、宇部硬化煉瓦株式会社の規模が記録として残っている。

大正期に入り生産が始まったと言われる桃色れんがが。宇部興産(現、UBE)石炭事業本部付部長を務め宇部炭田に精通した浅野正策さん(二〇一八年死去)は、「昭和初期まで東見初にれんが工場があったのを古老から伝え聞いた」と、随筆「桃色の煉瓦塀のある道」の中で書いている。

宇部市が一九九八年に刊行した「有限から無限へ『炭鉱』」には、宇部炭を燃料として電気を興した宇部電気株式会社が、〇九年に創業したと記述。それに関連して二五年ごろの宇部電気出張所煉瓦工場製作所の写真も掲載されている。背景に宇部紡績株式会社の煙突のような構造物が見えるので、宇部紡績跡地に建設された宇部市立図書館（琴芝町一丁目）付近に立地していたと思われる。宇部紡績の赤れんが造りの外壁は、図書館の一部壁面に再利用されている。

廃棄された桃色れんがを引き取り、その歴史を伝える板垣良行さん（宇部市常藤町）は宇部産業史の中の「女工三十人」に注目し、「女性雇用を促進した宇部の炭鉱会社の独特な姿勢がうかがえる」と指摘。「思ひ出」の中の「煉瓦干されて」「工場は、音とてなかつた」などを取り上げた。

「れんがは機械による生産ではないので、静かなのは当たり前だ」とし、「焼成しない桃色れんがが工場は煙突を必要としない。詩に出てくる煙突は中也の目に入った周辺の工場群かもしれない」と推測する。なるほど、詩の風景と重なってくる。

急浮上する赤れんが

「思ひ出」を何度も読み返していると気になるフレーズに立ち止まるのだ。

三連目の「煉瓦干されて赫々（あかあか）してゐた」の「赫々」の文字。光線の加減に左右されるといっても、「赤色」が「桃色」に見えるはずはない。ならば、古い赤れんが（以降「赤れんが」）になる。桃色れんがが路線で突き進んできただけに、気持ちが一気に頓挫（とんざ）した。振り出しに戻り、取材をリセットしなければならない。

新聞に連載するわけだから、とんでもないことをしでかすところだったかもしれない。冷や汗と脂汗が同時に吹き出るような心境だった。桃色れんがでヒートした熱を数日間かけて冷ます。

板垣さんに西岐波村松のれんが工場跡の壁面れんがが、赤れんがであるのを検証してもらった。一九九〇年発行の「ふるさと西岐波・地域編・村松」には、「村松、吉田、丸尾原一帯に良質な粘土があり、これを原料として大正後期にれんが工場（赤れんが）が設立された。沿岸には最盛期に四工場もできた。この近辺は、もとより遠くは九州、四国、大阪方面まで販路を伸ばし出荷した」との説明が見える。

　宇部市東岐波丸尾の吉村富雄さんが二〇〇〇年に出版した「丸尾の歴史あれこれ」によると、「東岐波の南部から西岐波吉田、村松にかけての洪積台地には良質な粘土があったためか、明治時代になって、屋根瓦や赤煉瓦の需要の増加とともに、それを作る工場が海沿いにあちこちにできた」と紹介。明治期から昭和初期にかけて稼働した砂山(新浦)煉瓦工場跡、吉南煉瓦製造所にも触れて、「赤煉瓦を生産した」と明記している。

　この赤れんがは主原料の粘土(赤土)に砂質土を少し混ぜ、成形を容易にするために海砂を振りかけて屋内乾燥(または天日干し)をした。同書には登り窯で焼成前のれんがの乾燥風景、煙を棚引かせる煙突も写真付きで掲載している。セメントの普及で一九五〇年代半ばから六〇年代半ばにかけてすべて廃業したという。

　宇部市の前身である宇部村が一九二〇年に発行した村勢要覧の村全図には、現在の岬三丁目に東見初炭鉱が載っている。五〇年以上前の高校時代まで宇部で過ごした澤田耕作さん(兵庫県尼崎市)は、「子どもの頃、既にれんが工場は廃止。瓦などを焼くための窯があった」と懐かしんだ。その炭鉱そばで生まれ育った上野恭子さんは坑口の横に、そのれんが工場があったと思い出す。石炭がらを活用して桃色れんがを生産したと考えるのが自然だろう。

　宇部市琴芝の旧俵田明邸の塀も桃色れんがで知られている。

　粘土を使用すると東岐波の赤れんがと、宇部特産の赤い石炭がらに石灰を混ぜる東見初の桃色れんがとは、全く異なる製法である。

　吉敷郡西岐波村は一九四三年、同東岐波村は五四年、宇部市に編入合併した。

　その前に出版された「大正一三(一九二四)年～昭和四(二九)年版宇部市勢要覧」には、れんが

旧俵田邸の桃色れんが塀
(2011年11月)

工場の数は「2」と記載。宇部市編入合併前の西岐波と東岐波のれんが工場はカウントされていないことになる。

　れんがの視点を宇部市東部地域に移そう。半世紀前に屋根をトタンからスレート製にやり替えた以外は、築造当時の姿のままの赤れんが造りのれんが工場跡（長さ一五メートル、幅五メートル、高さ五メートル）が市内で唯一、西岐波村松の海辺に現存する。倉庫代わりの現役である。

　持ち主の米屋牧場は、「明治後期に創業し、ここで取った粘土でれんがを作った。そばの入り江から積み出したと伝え聞いている」と話した。周防灘を望むそばの村松海岸には、岩盤を掘削して造られた幅五メートル、長さ三〇メートル程度の澪（みお）、潮が引くと人工の水路が浮かび上がる。

　郷土出版社が二〇一一年に出版した「ふるさと宇部—宇部市九〇年の歩み」に、吉村富雄さんが地元東岐波丸尾地区の「窯業の栄枯」をテーマに執筆している。一部を引用する。

「明治初年、丸尾原永ヶ久保に山藤長太郎が黒瓦の窯を開き、続いて瓦谷（かわらや）長兵衛も同地に始業した。瓦谷は昭和十七年八月の台風による高潮で窯を流失し、廃業。山藤瓦工場も昭和三十年に廃業した。明治二十年代の中頃、河野勉吉が黒崎と丸尾の新浦に黒瓦製造場を開き、黒崎工場は、昭和二十年まで操業した。新浦の製造場は明治三十年頃から国分平一が受け継いだが、昭和十七年八月の台風で窯場を損壊・流失し、廃業した。明治三十年に笠井順八を社長として、寺尾惣治や桜田多治兵衛らが協力して丸尾原（鳥屋郷）に『株式会社丸尾原煉瓦製造所』を創立し、大正六年からは寺尾惣治が独立して運営を続け、昭和十一年に廃業した。明治四十一年、原谷宗太郎が丸尾に赤レンガを製造する『原谷煉瓦製作所』を設立。この工場は、『砂山の煉瓦場』または『新浦の煉瓦場』とも呼ばれ、昭和三十年頃まで操業した。大正7年には、丸尾地区の有志により、赤レンガをつくる『吉南煉瓦工場』を設

現存する赤れんが造りのれんが工場跡（宇部市西岐波村松）

立。昭和十九年からは、『有限会社原谷窯業』の呼称で同四十五年まで操業した」

この中に登場する笠井順八（一八三五〜一九一九年）は小野田セメント（現、太平洋セメント）の創業者。セメント事業のほかに赤れんが事業にも触手を伸ばしていたことがうかがえる。

見えてきた風景

詩「思ひ出」のモデルを想定する現場。文学界に発表した一九三六年八月より二年前の三四年八月二五日、湯田に帰郷中の中也が東京の友人安原喜弘に宛てた書簡からヒントを得た。四〇〇字詰め原稿用紙二枚半（約一〇〇〇字）ほどである。二か月後に長男文也（三六年一一月死去）が誕生するわけで、ポジティブな心の動きが読み取れる。

書き出しは「甲子園がある間は毎日聞いていました」。ラジオ放送である。「甲子園」とは全国高校野球選手権大会（夏）の前身、全国中学優勝大会のこと。八月二〇日の決勝で、呉港中（広島）が2―0で熊本工（熊本）を下し優勝している。山口近隣の広島校と熊本校の戦いだったため、中也は特に甲子園を身近に感じたのかもしれない。

そして「昨日は朝から汽車で二時間位の海邊の町に出掛けて来ました　懶げな風物が何のことはない面白いのです（中略）それにつけても僕事はノンビリしたいです。昨日はその海邊近くの人も行かない、石の川床がヒデリのためにアラハレてゐて、川のそばの高いヤブのために陽の當らない。その川床の上に、二時間ばかりネコロンでゐました」

その二か月前。文学界へ原稿を発送した六月二三日の日記に、気持ちを詩に託すようにつづっている。

一連は「夏が来た。／空を見てると、／旅情が動く。」、二連が「僕はもう、都會なんぞに憧れはせぬ。／文化なんぞは知れたもの。／然し田舎も愛しはえせぬ、／僕が愛すは、漂泊だ！」

都会の喧噪（けんそう）を離れて、一人きりで物思いにふける時間を大切にしたいという空気感が伝わってくる。まさに宇部地域の海辺風景に収まるような中也像が浮上してくるのだ。

五六行の詩「思ひ出」の前半八連は、かつて「煉瓦工場」のあった岬を訪ねたときの記憶、暗転する後半の六連はその後、「煉瓦工場」の周辺が荒廃した現実を描いている。

中也の実家から歩いて五分ほどの山口線湯田駅（現、湯田温泉駅）から蒸気機関車（以降略ＳＬ）に乗車。まずはSLと軽便鉄道の時速を考えた。中也が安原に手紙を出した一九三四年と、文学界に「思ひ出」を発表した三六年の中間の三五（昭和一〇）年ごろは、どのくらいの速さだったのか。

確認するため鉄道博物館（埼玉県さいたま市）へ問い合わせた。「受付順にお答えしているので、一週間程度お待ちください」との返答だった。宇部地域の「海邊」への足どりをイメージしてシュミレーションには自信があるものの、〝お墨付き〟がほしい。期待半分、不安半分である。生来、自己採点が甘いのを自認しているだけに、緊張しながら合格発表を待つ心境だった。

六日後、鉄道博物館から電話がかかり、担当者から解答が届いた。結論から言えば、昭和一〇年ごろのSLと軽便鉄道（以降略軽便）のいずれの時速データは無いとのことだった。ただ、昭和九年に東京駅―名古屋駅間（東海道本線）を走った「特急つばめ」の運行時間が五時間一七分。途中の駅停車時間を含めた時間である。

現在の新幹線のぞみならば、同区間は一時間三四分。昭和九年に限れば、当時最速のSLでさえ、のぞみの三・三四倍の時間を要したことになる。今では東京駅―新山口駅間が最少となる四時間二一分を、中也は途中下車をしながらも、一日がかりで帰郷したのも割り出せる。

担当者は、運行時間と駅停車時間を勘案する表定速度をはじいてくれた。時速六九・四キロと細かい。約七〇キロである。SLの普通車ならば六〇キロ、スピードの遅い軽便のデータは無いので、つばめの半分とし時速三五キロと設定した。

この数値を基に中也が家を出てからの足どりを試算してみた。島根県益田市方面へ下れば三時間程度、さらに日本海沿岸まで歩く時間を考慮すると「二時間位」をクリアできず非現実的だ。

湯田駅から小郡駅（現、新山口駅）までの一〇・三キロを時速六〇キロのSLで上るのに、五駅に停車する時間を含めて一〇～一五分。小郡での乗り換えを三〇～六〇分と想定し、山陽本線の上りつまり防府方面、下りつまり下関方面のいずれに向かおうが、「二時間位」で「海邊」へはたどり着けない。これも現実的ではない。

残りは宇部線の時速三五キロの低速の軽便鉄道で下る。この手段が自然である。小郡駅で乗り換えて海辺沿いの宇部市東岐波（当時吉敷郡東岐波村）の丸尾駅（小郡駅から一五・七キロ）と、現在は存在しない西岐波（吉敷郡西岐波村）の白土停留場（小郡駅から一七・二キロ、一九二九年開業）のいずれかで下車。途中の七、八駅の停車時間を考えると、三〇～四〇分となる。いずれかの駅から「海邊」まで歩いて二〇分程度かかる。

中也が家を出て「海邊」までの最少時間ならば一時間三五分、最多は二時間二〇分と算出した。「二時間位」がまさに現実味を帯びてくる。


中也が周防灘を前にしてくつろぎ、「煉瓦工場」をモデルに「思ひ出」を詩作したのでは…。

れんがは古里遺産

話をれんがに戻そう。

中也の父の謙助（一八七六～一九二八年）は、山口県厚狭郡厚東村棚井（一九五四年に宇部市に編入合併）の農家・小林八九郎、フデの次男として生まれていた。棚井小学校（後の厚東小学校）を卒業後、母の実家の従兄で、医者の藤井幸八の勧めで上京。陸軍軍医学校を経て軍医になった。

それが一九一七年に軍医をやめて湯田に中原医院を開業した。中也はそこで生まれたのである。ところがその地にも、赤みを帯びた塀が今も残っている。

一九二七年、二八年の二度にわたり、母校の厚東小学校の講堂建設資金として計一〇〇〇円を寄付するほど、郷土思いの謙助にとって、幼い日の中也を連れて、郷里の海辺を歩いたと想像するのは難しいことではない。

その記憶を基に「思ひ出」を書いたとしても、飛躍した想像ではない。

宇部市教育委員会教育次長を務めた宮本誠さん(二〇〇八年死去)が、厚東郷土史研究会の会誌「厚東」に、「中原中也の原風景、棚井」の題で謙助の足跡を執筆している。その中で、「中也は謙助の実家の野村家に深い愛着を持ち、結婚してからも妻孝子を同伴して訪ねている」と記す。

謙助が一三歳まで少年期を過ごした野村家には、赤れんが塀が現存する。同所に住む野村美智子さんは「義母(二〇一二年死去)から、中也のお嫁さんになった野村孝子さんとは、いとこ同士で仲が良かったと聞いていた」と振り返る。美智子さんが嫁いだ六十数年前には、既に塀が存在していたという。

山口市内には、登録有形文化財として県立山口図書館書庫(中河原町・一九一八年建設)で今の文化施設「クリエイティブ・スペース赤れんが」や「小郡上郷・旧桂ヶ谷貯水池堰堤(えんてい)」(一九二三年完成)など、公共の建造物に赤れんがを使用しているのが通例だ。

「クリエイティブ・スペース赤れんが」のイベントスペースで、かつて一人芝居「土佐源氏」を演じた役者、坂本長利さんが公演で訪英した際に見た、シェイクスピア・シアターの外観赤れんが造りを懐かしんでいた。旧桂ヶ谷貯水池堰堤は、取水口に赤れんがを徐々にせり出させ、装飾風な蛇腹仕立てをアクセントにしている。いずれにしても、赤れんがは威厳のある建造物をさらに引き立てる。

山口市内の民家には中原家のような赤みを帯びたれんが塀はほとんど見当たらない。宇部で生まれ育ち、医院を営んだ謙助が、宇部かられんがを取り寄せたと考える方が現実に近いだろう。古里をしのんで築造したと想定されるれんが塀は、謙助にとっての〝記念碑〟だったのかもしれない。

宇部地域が、かつては桃色れんがと古い赤れんがの一大生産地だったことを実感したボクは、れんがに魅せられて市内のれんが塀・倉庫・祠(ほこら)を探し回った。壊され消えていく風景の中、残してほしい遺産だと認識した。愛おしさを感じながら。

山頭火と平泉

俳人、愚を貫く

学生時代に文学談義に花を咲かせた同窓生がいる。専門は違ったが、気が合い深酒を酌み交わした仲である。国費留学生として当時の西ドイツに渡航。今は翻訳者として数々のドイツ文学を日本で紹介し、活躍している瀬野文教さんである。

学生時代を回顧した彼のエッセイ集「青春挽歌」（平成元年・東和）の中に数行だけ、匿名でボクが登場している。「長州宇部出身の林学生N君は、入学当初からひとりで同人誌を創刊発行し、人から何と揶揄酷評されようと、黙々たゆまず詩を書き続けた。〝愚を貫く〟というのがこの男のモットーで、その通りに生きた」。言い得て妙だ。

〝愚を貫く〟は山口県防府市出身で漂泊する自由律俳人として知られる種田山頭火（明治一五～昭和一五年〔一八八二～一九四〇年〕）の、生きざまの象徴そのもの。二十歳すぎの青二才のボクは山頭火に心酔していた。

詩人、中原中也（一九〇七〜三七年）の出生地山口市にしても、山頭火の出生地防府市にしても、宇部市と同様に山口県央部に位置する。山口市を真ん中に三市は隣同士である。文学不毛の地と言われてきた宇部市生まれとしては、中也にしても山頭火にしても、なおさら親しみが湧く所以（ゆえん）である。

一九七二年一二月から翌七三年六月にかけて配本された「定本　山頭火全集」（春陽堂書店刊）の「句集」や「日記」などを収める重厚感を持つ箱入り全七巻。七巻目「書簡・年譜」に行脚地図を添付している。

山頭火は其中庵時代（旧小郡町＝現山口市、昭和七〜一三年〔一九三二〜三八年〕）の一九三五年に自殺未遂。同時代の二回目行脚（一九三五〜三六年）は「捨身懸命（しゃしんけんめい）の旅」だった。地図の本州編を見れば、足取りの北限は岩手県平泉町を指している。ちなみに九州編では鹿児島県福島（現霧島市・一九三〇年一〇月九日）が南限である。

配本が終わって数年後、古本屋で全集を見つけた。全七巻が書棚にどっしりと並んで輝いている。目にまぶしく映った。

山頭火は一九三〇年八月から九月初めにかけて、それまでの日記、句帖の類いを焼き捨てたと言われている。残存する「日記編」の始めとなる「行乞記」の、まさに初日の三〇年九月九日に「殊に宇部の乞食爺さんの話（中略）興味深いものであった」と書き記している。いきなり「宇部」の文字が目に飛び込んできた。しかも強烈に。どうしても全集を手に入れたい。

青春の自由律

山頭火の「定本　山頭火全集」の全七巻（一万五四〇〇円）を買いそろえるには、貧乏学生にとっては高価なため、手が届かなかった。古本屋の店主は各巻の単品では売らないと難色を示した。そのオヤジは地元の文芸同人誌に所属し、小説を書いていた。全集の価値を十分に承知していたのだ。「そのうちに全部を買いに来るから売らないでほしい」というボクの懇願を受け入れて赤札を気持ちよく貼付してくれた。書棚にキープできた安堵（あんど）感。短期間にいくつかのアルバイトをこなした。値札一万二〇〇〇円を一〇〇〇〇円値切り手に入れた。それでも大枚をはたいた「禁帯出」である。

その頃、各駅列車を乗り継いだり、ヒッチハイクしながらバックパッカーで全国を回っていた。東北では、故郷の山口県宇部市と同じ文字を持つ「陸中宇部駅」が気になった。岩手県久慈市の当時国鉄時代に開設したその無人駅で宿泊した。少し足を伸ばせば、社会科で学んだあの平泉の中尊寺があるけれど、いつかは行けるだろうからと素通りした。

ちなみに二〇一一年六月、中尊寺は「平泉の文化遺産」のひとつとして世界文化遺跡に登録されたが、いまだに訪れていない。

山口県小郡町（現、山口市）の其中庵を出て東北へ向かった山頭火は、一九三六年六月一三～二二日、山形県鶴岡市在住の句誌「層雲」（荻原井泉水主宰）の句友、和田光利（秋兎死「あきとし」）宅に身を寄せた。

続いて二三日には病に伏す宮城県仙台市の友人を見舞い、その時の心の動揺をほのめかすはがきを、物心両面の支援者である自由律俳人木村緑平（一八八八～一九六八年）へ送っている。「もうとても旅をつづけることは出来ません、これは私のSOSです」。かなり深刻である。

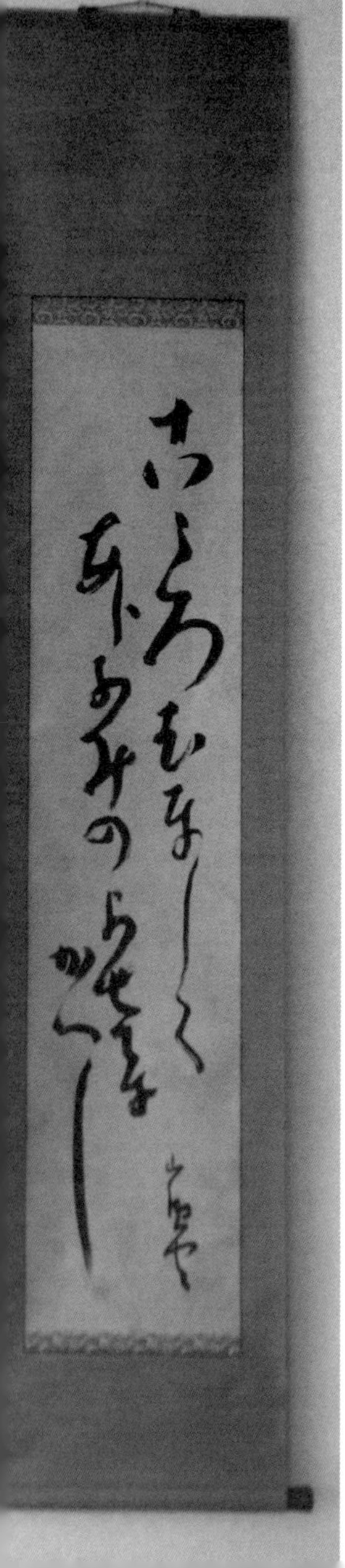

山頭火が平泉で詠んだ直筆俳句
（山口市小郡文化資料館蔵）

六月二六日、仙台市から日帰りで出かけた平泉町で詠んだ句がある。全集の日記編には九句を掲載している。うち三句が山頭火にとって欠かせない「水」をモチーフにしていた。その一句が、「こころむなしくあらうみのよせてはかえす」。

山口市小郡文化資料館には、直筆の掛け軸が残されており、末尾の「かえす」が、「かえし」に変更されている。もう一句が、「梅雨空の荒海の憂鬱」。これらの二句には「あらうみ」「荒海」が出てくる。心象風景の句とはいえ、内陸の平泉町で詠んだにしては穏やかではない。

平泉町は山頭火が漂泊した北限で、憧れの俳人松尾芭蕉が訪ねた「奥の細道」の北限と重なる。

滅びるものは美しい

山頭火は一九三六年六月二六日、滞在していた宮城県仙台市から平泉町までを汽車で日帰りした。経済・精神的な支援者、自由律俳人の木村緑平へ同年六月二八日に仙台市から送ったはがきには、平泉町での心境を「草にすわりおもひはるかなり」と詠み、「人間のをはりはたゞこれだけですね」と書き添えている。

日記には、「毛越寺旧蹟、まことに滅びるものは美しい！」と絶賛し、「草のしげるや磁石ところどころのたまり水」を詠んだ。さらに「中尊寺、金色堂。あまりに現代色が光つてゐる！何だか不快を感じて、平泉を後に匆々汽車に乗つた」と締めくくった。日記から察すれば毛越寺は心地よく受け入れられたが、中尊寺は好印象ではなかったようだ。

山頭火の理解者・顕彰者である自由律俳人、大山澄太（明治三二～平成四年〈一八九九～一九九四年〉）著の「俳人山頭火の生涯」（彌生書房刊）には、「実は、平泉から彼は再び光利（和田）の純情に心をひかれ、鶴岡へ舞い戻った」と記している。

「定本　山頭火全集」の「行脚地図・本州編」には「七・一　酒田」とある。ここで山頭火の足取りを整理したい。一九三六年六月二三日から二八日まで仙台市にいた（二五日は石巻市泊）。日帰りの平泉町からいったん仙台市に戻った後に再び北上し、山形県鳴子の二九日の日記には、「沈静、いよいよ帰ることにする、どこへ」と書き出し、「とにかく小郡まで、そこにはさびしいけれどやすやかな寝床がある」と改心し、其中庵という起点に戻ろうとする気持ちがうかがえる。

山頭火が6年間暮らした其中庵
（山口市小郡文化資料館蔵）

三〇日に緑平へ送った封書に、「昨年の卒倒も実は自殺未遂だつたのです、此旅行だつて死場所をみつけるためでした」と打ち明けている。

日記には六月二九日に「鳴子下車」、七月一日に「酒田泊」と、書いた場所が特定できる。澄太の「鶴岡へ舞い戻った」の部分に注目した。前日六月三〇日の日記では、「眼さめるとすぐ熱い湯の中へ、それから酒、酒、そして女、女だつた。普通の湯治客には何でもないほどの酒と女とは私を痛ましいものにする」と吐露している。心がけを改めたにもかかわらず、懺悔（ざんげ）に苛まれる。

地勢的に見ても、鳴子から酒田への移動中の中日六月三〇日は、鶴岡市での出来事だと考える方が自然である。

死生観の行き先

山口県には、山頭火を顕彰する二つの「記念館」が存在する。しかも山口と防府の隣市同士。こういったケースは全国的にも珍しいのではなかろうか。

山口市小郡文化資料館（以下資料館）は、地元の歴史と共に、山頭火の其中庵時代に関する生活、交友、遺品を紹介している。出生地の防府市では「山頭火をうたい、山頭火にしたしみ、山頭火をつたえる」をテーマにした山頭火ふるさと館（以下ふるさと館）が二〇一七年に開館した。

一九三五年八月一〇日、自殺を図った山頭火。未遂に終わったが、この日を「第二の人生」と位置づけた。「捨身懸命」と称した東北旅。岩手県平泉町周辺を漂浪した際に揺れ動いた心のかっとうを、両館の研究熱心な若い学芸員に、日記や句、書簡などを参考に私見を込めてひもといてもらった。

資料館の魚谷なつみさん（現在は岡山県の津山洋学資料館学芸員）は、「一度死んだつもりで、人生をリセットする気持ちが込められたのでは」と前置き。「しかし、その後、肉体的には回復に向かうが、精神的にうつ状態が続き、不眠症に悩まされている。モヤモヤを抱えたまま、再び死を意識する旅に出た。まさに人生最期の旅としたから、あえて遠方を目指し結果的に東北に行き着いたのでは」と推測する。

「死に場所を探す」「暇乞（いとまご）い」の旅としながらも、日記から、「私は山頭火になりきればよろしいのである。自分を自分として活かせば、それが私の道である」を取り上げた。帰り道に曹洞宗総本山の永平寺（福井県永平寺町）に立ち寄り、「新しい自分」として心機一転して生きてこうとする覚悟がみえると し、「精神的に生まれ変わり、小郡に帰る決意をしたのではなかろか」と結んだ。

道中に句友に会い名所や先人の足跡を訪ねて安定した精神状態が続いた山頭火。ふるさと館の高張優子さん（館長代理）は、「それが崩れるのが東北。酒と女でむちゃくちゃになり自己も失い、憂うつになり旅を続ける気力も無くした。そして再び死がちらついたのでは」と想像する。宮城県仙台市で詠んだ、「いつまでも死ねないからだの爪をきる」からも読み取る。

山形県鳴子での友人宛ての書簡で、矛盾する二つの自分に苦しみ、それをアルコールが助長していると告白している部分に注

雪を被った奥羽山脈
（新幹線盛岡駅のプラットホームから撮影・2022年3月）

目する。「この自己矛盾とアルコールへの依存は常に山頭火を苦しめ続けたと思われるけれど、東北における精神的な落ち込みも原因はそこにあると言える」と指摘する。

　新聞記者として東日本大震災が発生した二〇一一年三月一一日の翌四月から毎年東北地方に入った。津波被害に遭った三陸沿岸部を中心に取材し、本州西端の山口県の読者に紙面で復興へ向かう被災地の現況を伝えてきた。内陸部の自然の美しさをゆっくりめでる時間も、名所旧跡などを訪ねる機会も持てなかった。被災地取材の最後の仕事として二〇二二年三月初旬、岩手県盛岡市から次の取材先へ向かう際、東北新幹線の盛岡駅ホームで列車を待ちながら奥羽山脈を見やった。雪を被った連山に朝日が差し、くっきりと浮かび上がった稜線(りょうせん)に感動した。

　一三〇〇メートル台を最高峰に一〇〇〇メートル超えが八座あるだけの山口県。宇部市では、一番高い山といっても高々四五六メートルである。奥羽山脈が異国情緒を醸し出す絵画のような風景だったと言っても大げさではない。

　山頭火が見た東北の美しい山並みは変わっていないだろう。「分けいつても分けいつても青い山」。平泉町の近くを通りながらスルーした半世紀前の学生時代に引き戻された。山頭火の「捨身懸命」ならぬ、「拾身懸命」の心境で、訪ねてみたくなった。

山頭火と宇部

国境石をまたいだ句

種田山頭火との出合いは山頭火ブームとなった一九七〇年代。当時、バックパッカーでヒッチハイクや野宿、無人駅泊などを続けながら全国を旅していたので、憧れというよりも生き方を重ねる対象だった。

島根県松江市で学生時代を過ごし、農学部ながら詩やエッセイを書いていた。繁華街になじみの古本屋があった。文学と無縁のボクとは違い、ドイツ文学専攻の友人の苦学生は、高額な専門書をやっとのことで入手したにもかかわらず、生活のために手放す先がその古本屋だった。陳列棚でひときわ光り輝きボクを手招きしたのが「定本　山頭火全集」七巻（春陽堂書店刊）。山頭火の日記は昭和五年九月初旬にそれまでの日記を焼き捨てたと言われており、古本屋で立ち読みし、残存する日記の最初のページ、昭和五年九月九日をめくった。

熊本で知り合った同宿者の話。「殊に宇部の乞食爺さんの話、球磨の百万長者の慾深い話などは興味深いものであった」というくだりに目が止まった。宇部の名前が出てくるではないか。どうしても手に入れたい。当時の話は、本書の「山頭火と平泉」で書いたので略す。

近年、本の断捨離を続けている。その中で苦労して入手した「定本　山頭火全集」は書棚に今もしっかり〝鎮座〟してはいるものの、ページを開くことはなかった。

二〇二三年、全集のお世話になるときがきた。知遇を得た岩手県の地域紙「盛岡タイムス」から岩手と山口で共通する文人について書かないか、そんなオーダーである。頭を過ぎったのが岩手県平泉町。松尾芭蕉に憧れて漂泊の旅に出た山頭火の北限であった。

久しぶりに開いた日記。急ぎ足で読み進んだ。「昭和七年五月五日」で目が止まった。「埴生―厚狭―舟木―厚東―嘉川――八里に近い悪路をひたむきに急いだ、（中略）峠を四つ越えた、厚東から嘉川への山路はよかつた、僧都の響、国界石の色、山の池、松並木などは忘れられない」（『山頭火全集　第三巻』『行乞記㈡』）

そのときに詠んだ句を書き込んでいる。

降り吹く国界の石
ほどよう苔むした石の国界

その日、詠んだ一二句のうちの二句である。現在の山口県宇部と山口の市境に建つ国境石。国道二号沿いに今も残る碑「西　長門国厚狭郡　東　周防国吉敷郡」であろう。

旅に疲れて県西部の宇部市二俣瀬地区（当時、二俣瀬村）から東部へ、つまり昔の長門国から周防国（故郷の防府市）へ向かって国境をまたいだとき、一瞬だったかもしれないけれど、何とも言えない感情が込み上げたのでなかろうか。

その年から山口市小郡町（当時、吉敷郡小郡町）に其中庵を結庵していた山頭火にとっては同市嘉川界わいでも行乞をしており、周辺の地理にはある程度詳しいと考える方が妥当な線だ。国境石を越えて山陽本線の嘉川駅まで歩き、汽車で徳山の句友、久保白船を訪ねている。

一九三三年一二月号の句誌「雑草」に紹介された近況では、行乞の文字は見当たらないが、「宇部地方へまた出かけます」とある。同年一〇月二一日に下関市の句友、近木黎々火に宛てた書簡にも、「明日から宇部地方へ出かけます。四五日行乞して、多少の小遣銭を搾取します、嫌だけれど仕方ありません」とつづっている。

三八年四月三日の日記には其中庵に帰る途中、「厚東川べりの桜並木も美しかった」と、宇部市を代表する河川沿いの風景をめでている。

厚東川畔の二俣瀬地区の極楽寺に、山頭火の句碑が建立されているのを聞きつけ出かけた。

句は、「道しるべ立たせ給う南無地蔵尊」。三九年四月三〇日、静岡県浜松市の信仰の山「秋葉山麓」で詠んだ句であった。極楽寺と直接的な因果関係は認められない。

佐野隆道住職によれば、父で先代住職だった隆和さん（二〇二一年死去）が、山頭火が二俣瀬界わいを旅した旧縁から、句碑を建てようと地元住民たちと協力して二〇〇八年四月一日、除幕式にたどり着いたそうだ。しかし山頭火の全国の句碑にカウントされていないのが残念でならない。

上　二俣瀬「極楽寺」の山頭火句碑を取材する永冨衛（右）と質問に答える佐野隆道住職（2023年11月）

右　宇部市山中割小松の周防長門・国境碑（宇部市山中割小松峠・同上）

宮本常一と遠野

民話の宝庫

民俗学の創始者・柳田国男（一八七五～一九六二年）の影響を受けた山口県周防大島町出身の民俗学者・宮本常一（一九〇七～八一年）。別冊太陽「宮本常一 生誕一〇〇年記念『忘れられた日本人』を訪ねて」（二〇〇七年・平凡社刊）によると、岩手県に三度、調査に入っている。

一度目は生涯の師と仰いだ日本近代資本主義の父と言われた渋沢栄一の嫡孫、渋沢敬三（一八九六～一九六三年）に同行した一九四六年八月。研究者やアチック・ミューゼアム（後に日本常民文化研究所）の主宰者として民俗学に足跡を残した敬三は、盛岡市に「土地制度の話し合い」をテーマに調査に入った。二度目は六五年八月に遠野市、三度目が七二年八月の盛岡市である。

生涯に地球四周分を歩き続けて、その足跡を日本列島地図に赤インクでしるしていくと、真っ赤になると言われた宮本にしては、いささか少ない数字である。うがちすぎかもしれないけれど、柳田のフィールドに踏み込まないように遠慮し、〝聖域〟にしたのではなかろうか。あくまでも知識の薄いゲスの勘繰と思っていただきたい。ちなみに遠野市入りに関しては、別冊太陽には調査項目が記入されていない。

坂本長利さん（一九二九年生まれ）の独演劇「土佐源氏」は、声がかかって公演が成立する出前芝居なので、全国いや世界どこでもはせ参じるというスタイルを取る。宮本も生前、何度か観劇し「坂本君が芝居をやって俺が講演をして二人で歩きたい」と口にしたほどで、いわば公認なのである。

ボクは坂本さんと出会った一九九六年から約二〇年間、土佐源氏公演に限ってコーディネーター役を務めた。生業の新聞記者の傍らであるが、その役目を買って出たので一円たりとも駄賃はいただいていないのが今でも誇りだ。

約二〇年間で数十公演は、坂本長利応援団事務局として依頼の窓口をこなした。全国どこからオファーが入るか分からない。もちろん手弁当で会場に駆けつけた。主催者側から交通費と宿泊費を配慮していただいたケースはあるが、山口県を居住地にする身だけに、西日本方面は

「土佐源氏」の舞台に立つ坂本長利さん（山口市のクリエイティブ・スペース赤れんが・2008年10月）

できるだけ坂本さんに同行した。東日本方面は電話やメールで主催者とやりとりし、ギャラや会場設定の相談に応じ、音響担当する役者のスケジュール調整に努めた。

二〇一八年八月の土佐源氏遠野公演（一一九八回）を知り、若き日に訪れた遠野市の街並みの面影と重なった。音響担当の袴田康裕さんに確認すると、「真夏のとても暑い日でした。リノベーションした古民家が会場で遠野の土地柄にふさわしい公演でした」と話してくれた。畳一枚分の板に百目ろうそくを立てただけのステージ、艶があり年季の入った観客席となる板間の写メを送ってくれた。

宮本常一のアサ子夫人（二〇一〇年死去、享年九八）とも縁があり、坂本長利応援団を親身になって応援してくださった。山口県内で土佐源氏公演をした際、何度か案内し坂本さんと再会していただいた。宮本の「不朽の名作」と対面する計り知れない瞬間だったのかもしれない。

民俗学の原点

山口県周防大島町出身の宮本常一は、「歩く見る聞く」をモットーにし、フィールドワークという言葉に象徴される〝記録者〟だった。

宮本を民俗学の道に誘ったのは、「遠野物語」を書くなど、民衆の生活史を起こした柳田国男（一八七五～一九六二年）である。宮本は戦災で調査ノートや資料などを焼失したが、炎の中から唯一持ち出したのが「遠野物語」だったと言われている。稲作定住民に日本人の姿を見出した柳田とは違い、宮本は一般的な日本人からはみ出た人々に目を向け独自の民俗学を構築した一人だ。

ボクの一九七六年八月一五日の旅日記で遠野をつづっている。一部抜粋する。

「ここは東北の民話の宝庫と言われている。格子窓のある通り、ばら売りの飴や駄菓子、遠くに点在する茅葺の屋根。メルヘンを追えるような風景が目の前に現われる。雲行きが怪しくなったので、安い木賃宿のような古い宿に足を止めた。粗末なテレビが異常低温と伝えている。ともあれ、一週間ぶりに布団で枕を高くして眠れそう」

夜、町を歩いていたら盆踊りに遭遇した。やぐらを囲んだ人たちの輪に吸い寄せられた。ちょうちんのほのかな明かりが幻想的で、感傷に浸るには絶好のシチュエーションだった。あの「遠野物語」の舞台にいるんだと実感した。民話の世界に迷い込んだような強烈な印象として記憶に刻まれている。

アサ子夫人（周防大島町の常一墓前・2005年1月・堀雅昭撮影）

民俗学とは無縁でない環境（大学で林学を専攻）に身を置いていたが、その時は宮本の存在すら知らなかった。

宮本を認識したのは没年の一九八一年で、新聞記者も駆け出しの二年目。一般的な日本人からはみ出た老人たちの話を克明に記録した宮本作品を代表する「忘れられた日本人」だ。「対馬にて」「村の寄りあい」「世間師」など一三項目を掲載している。そのうちの「土佐源氏」は、高知県梼原町（当時、梼原村）の橋のたもとで生活する元馬喰（ばくろう）の数々の女性遍歴を聞いた男女の情話。盲目の古老をモデルに、生業のかたわら独演する山口市の男性を取材したのが、宮本民俗学との出合いだった。男性がお手本にしていた本家が、「土佐源氏」を一人芝居化した役者、坂本長利さん。初演の三八歳の時から八〇歳をすぎた古老を演じ続け、近年、公演数は少なくなった。

坂本さん本人に出会えたのは、山口市の男性が演じた「土佐源氏」取材から一五年後の九六年。すでに公演一〇〇〇回をこなしていた。九四歳の誕生日を迎えた二〇二三年一〇月時点で一二三三回まで記録を伸ばしている。

壺井夫妻に誘われて

　ちょうど四〇年前の一九七九年晩秋。学生のボクは広島県佐伯郡（現、廿日市市）宮島町で開かれた詩人会議の一泊二日の研修会に参加した。二つの目的をかなえるためである。

　一つは講話を担う詩人会議運営委員長の黒田三郎（一九一九～八〇年）に会える。憧れの詩人である。黒田の詩にかぶれていたこの二〇代半ばの若造は詩集にサインをもらうため、出版間もない「死後の世界」（昭森社刊）を持参した。当日、黒田の代理として城侑さんが列席されていた。研修会中は黒田のことを聞いてはいけない空気感を察した。研修会が終わり会場を後にして、国鉄（現、JR）宮島駅で列車を待っていたとき、鉢合わせた城さんに「黒田さんはどうかされたのですか」と思い切って質問すると、「容体が思わしくなくて、ね」と返ってきた。しばらくして新聞で黒田の謹告を見た。

　もう一つは研修会のとき、初代運営委員長の壺井繁治（一八九七～一九七五年）に関する話を誰かに聞くこと。ボクはその一年前の七八年から七九年にかけて、戒厳令が敷かれ緊張状態が続いていた朴正熙（パク・チョンヒ）の軍事政権下での韓国を旅した。民主化運動をリードしていた詩人・金芝河（キム・ジハ）の母国の土を踏むためだ。日本語訳された詩集「五賊」「長い暗闇の彼方に」を読んだのがきっかけで、金の詩にもかぶれていた。

韓国の旅で反政府思想をもつ学生と知り合い、報道や表現の自由がない現実を知った。投獄され身が危険にさらされていた金と、民主主義文学を追い求めた壺井繁治が、帰国して一年後の宮島の研修会でつながった。ボクは韓国の旅を詩集「オレの人生はオレのもの」にまとめた。そして、小さなペンかもしれないが、平和のために役立ちたいと新聞記者を志した。

あの日から四〇年。どこに向かうのか、きな臭さを感じる日本。まったく容認できない現安倍政権。ご承知のように極東最大級といわれる米軍岩国基地、萩市には陸上配備型イージス・アショア問題、山陽小野田市には宇宙空間をチェックする監視レーダーの設置の動きなど狙われる県、安倍さんの地元山口県に住んでいる。

勤務する地域紙は山口県宇部市に本社を置く。創刊は一九一二年。北隣の県庁所在地の山口市、かつては小野田セメント（現、太平洋セメント）で知られる西隣の山陽小野田市が中心の取材エリア。全国紙が書かない、例えば地域のありふれた読者の困り事相談にも乗る。それが地域密着の地域紙の使命である。発行部数が数万部の小さな新聞社といえどもメディアの宿命として毎年、終戦記念日に合わせて平和をテーマにした話題を取り上げる。

六〇歳で定年を迎え、雇用延長のパート記者として六年目。職業軍人だった父が五七歳で早世し、まだ若すぎて追体験さえできなかったボクは、メディアに身を置く一人として戦争の悲惨さを伝聞する大切さを日々、実感している。現場にこだわり続ける自称ジャーナリストの端くれとして自分に課した宿題である。いまだに納得のいく解答を出せていないのが本音。正答は出せないにしても模範解答を書くために、現役を続けさせてもらっている。時には日本会議系の集まりにも出かけて講演にも耳を傾ける。立ち位置を見失わないためだ。

「取材方法を先輩から学ぶのではなく、沖縄戦でつらい思いをした人々から学ぶ」。沖縄の新聞記者の〝取材訓〟を毎年、肝に銘じながら戦争体験者と向き合う。今年の終戦記念日（八月一五日）に向けた取材は勝手が違った。工業都市の宇部市に特化した話題で恐縮だが、事の発端は小説家の壺井栄（一八九九～一九六七年）を調べているYさんとの出会いからだ。

映画化もされた戦後反戦文学の名作「二十四の瞳」で知られる壺井栄が作家として本格デビューした頃、財団法人（現、公益法人）渡辺翁記念文化協会が発行していた機関誌「大宇部」に連載小説「ともしび」を戦前、寄稿していた事実をYさんが突き止めた。それをボクは記事にした。壺井栄取材を続けながらも、頭の真ん中にはいつも壺井繁治がいた。

壺井栄に執筆を依頼した文化協会は、宇部市に本社を持つ大手総合化学メーカー、宇部興産（現、UBE）に事務局がある。地元の文化向上を支援していた同社は一九四三年、軍需会社法に伴う会社に指定。早くも三七年に、俵田明が渡邊翁記念文化協会の機関誌である前出の「大宇部」を発刊しており、壺井栄は、これに作品を書き始めるのである。堀雅昭さんの「宇部と俵田三代」によれば、海外の音楽や文学の紹介、さらにはナチの文化事業組織KdFまで紹介するなど、戦時下で地方の文化活動を牽引した異色の言論媒体だった。

壺井栄は「あとがき」の中で、「青年子女の奮起せしめるようにとの作品注文に対し、あまりに貧しい作品をおわびしたい」と打ち明けている。左右両翼を糾合して戦争に向き合おうとした雑誌の目的に添えなかったともくみ取れる。「大宇部」への執筆は一九四一年から四四年までの三年間。詩人会議一〇月号（二〇一九年）で三浦健治さんが、「戦争詩の時代と戦後の論議6」の中で書いている「壺井繁治の昭和一七年の『指の旅』以降の数篇はまぎれもない戦争協力詩でした」に着目。「大宇部」終刊（四四年六月号）の壺井栄の後書きと、「『指の旅』（四二年）以降の戦争協力詩」という時代背景が重なる。

繁治、栄それぞれではなく、壺井夫妻そのものに関心が移っていった。壺井栄の原稿や愛用品、初版本、壺井繁治の関連資料などを所蔵する「岬の分教場保存会・壺井栄文学館」（香川県小豆島町）に向かった。余談ながら小豆島は自由律俳句の尾崎放哉（一八八五〜一九二六年）

の終焉（しゅうえん）の地。外向きの俳句をたしなんだ種田山頭火と共に、かつてボクを韓国の旅に駆り立てた漂白俳人の一人。内向きの俳句に身をゆだねた放哉が頭をよぎった。

壺井夫妻の出身地、ボクとしては初上陸の瀬戸内海に浮かぶ小豆島。オリーブ栽培や日本三大そうめんの生産地としても知られる。旅行情報誌「るるぶ」の香川版を買い求め、小豆島の項目を開いた。観光スポットの一つ、「二十四の瞳映画村」の紹介コーナーに目をやった。ページをめくる前から想像はついてはいた。壺井栄の文字も尾崎放哉の文字もない。映画「二十四の瞳」の主人公と同名の映画村を訪問。隣接する文学館で壺井繁治・栄夫妻の二ショット写真を拝見した。

物書き同士の夫婦といえば阿部和重・川上未映子、藤田宜永・小池真理子、三浦朱門・曽野綾子、吉村昭・津村節子などが頭に浮かぶ。ペンネームを使用するため名字が違うので意外と気がつかない。古くは歌人の与謝野鉄幹・晶子が物書き夫婦の象徴と言えるのではなかろうか。いずれも有名人なので与謝野鉄幹の妻、与謝野晶子の夫とは言わない。作家で名字が「壺井」と言えば、口をついて出る名前は「栄」が自然だろう。言い切れないけれど一般的には「繁治」はあり得ないと思う。世間では壺井栄の夫という言い方が納得いくかもしれない。

児童文学の向上を図るため小豆島町が香川県内の児童・生徒から作文を公募、一九七二年から始まった壺井栄賞がある。壺井繁治賞の前身の詩人会議賞は一九七三年に創設。壺井栄賞よりも一年遅れて七二年からスタートしている。ちなみに今年の第一七回二十四の瞳岬文壇エッセーには、「壺井栄生誕一二〇年記念」の冠がついている。あればどなたか教えていただきたいが、他に夫婦の冠がついた文学賞があるだろうか。

文学館長の大石雅章さんの案内で館内を見学した。メインの壺井栄の「二十四の瞳」の分厚い生原稿が正面にでんと構える。隣り合わせの繁治コーナーの充実が課題だと聞いた。

ボクは帰郷して、投獄中の繁治と栄がやりとりした約四〇〇〇ページの獄中（昭和五～九年）往復書簡集「二人の手紙」を読んだ。繁治が栄に甘えながらも作家活動を勧め、栄は体調を壊しながらも繁治の要求に応じる献身さが見てとれた。手紙は検閲されているわけだから思想や政治色の文面は避けてのやりとりなので、二人が交わす情が行間にぷんぷんする。日中戦争勃発（一九三七年）の前で、まだ緊張感が高まっていない内容のやりとりだ。宮本百合子、林芙美子、平林たい子、窪川（後の佐多）稲子ら文壇の主役女性たちの日常も書簡に登場する。

療養で小豆島に帰郷していた栄の代役として繁治への差し入れ

壺井繁治・栄夫妻
（壺井栄文学館蔵）

を担ってくれる女性（詩人）の名前が頻繁に出てくる。この女性が恋愛問題へと発展する。

壺井栄研究の第一人者、鷺只雄（さぎ・ただお）（一九三六〜二〇一八年）の「壺井栄論」によると、「一九三六年（繁治の釈放後）に発覚したが、間もなく元のサヤに納まった」という。関係したお互いの人がお互いの生き方を尊重した結果と読み取れる。その後、繁治と栄がそれぞれ詩人、作家として頭角を現していく。家庭を守るため、世相に波風を立てない作品をと申し合わせたとしても、逆に壺井夫妻に人間臭さを感じる。ボク個人としては違和感を覚えない。

再び文学館の繁治・栄のツーショット写真を思い浮かべた。文学館入り口の栄の写真が五〇歳代後半だというから、少し年を取ったツーショットの二人は六〇歳代前半だろうか。繁治・栄夫婦の心地よい空気感と程よい距離感が漂う。繁治の生家そばに建立された詩碑の「石は／億萬年を／黙って／暮らしつづけた／その間に／空は／晴れたり／曇ったりした」を反すうした。

ひるがえってわが身。六〇歳代後半に差しかかったボクと、六〇歳代半ばに差しかかる妻。繁治・栄夫妻に重ねさせていただいた。そして、こんな詩が浮かんだ。

「それぞれの櫂／一緒に荒れた海を漕いできた／手を休めている／凪だ」

Ⅲ 魂の原風景

思い出たどる
あなたはいる

人生の中で一番価値ある経験

李東福

※　本稿は四十数年にわたる友人・李東福さんが、二〇二三年九月に韓国高陽市での「高陽市公務員外国語スピーチ大会」で優秀賞を受賞したスピーチ原稿。

一九七八年の年末、大学の冬休みの時でした。当時、髪を長く伸ばすのが流行（はや）りでした。警察の取り締まりもきびしかったです。

近町をぶらぶらしていると遠くから日本語混じりの喧嘩みたいな声が聞こえてきました。近寄って見ると、ある人が警察官と揉み合っていました。好奇心旺盛な学生の私は日本語を勉強し始めていたので、そのやりとりを聞いてみました。やはり長髪の取り締まりでした。

私は警察官に学生証を見せて必死に許しを請いました。そして警察官は目をつぶってくれました。それが四十数年に渡る長い付き合いの始まりになりました。名前は永冨衛さん。

彼は日本の大学院生で隣の国のことが知りたくて、韓国に来たということでした。私の故郷の家に彼を連れて帰りました。当時、私は日本語がまだ下手だったので、意思疎通を図るためには主に身ぶり手振りと英語や漢字による筆談をしました。

出会った次の日から二日間、二人で私の故郷の慶州で過ごしました。晩ご飯を食べる時、母が永冨さんを「チョンガー」と呼びかけたら、自分のことだと気づいたようでした。母はさらに「たくさん召し上がってね」と言いました。彼は言葉に温もりを感じ取ったかのようでした。

日本に帰国して何回か便りのやりとりをしました。しかし次の年は政情不安が激しくなったり、続いて私は兵役を勤めなければならなかったので、私からは連絡するのが難しくなりました。自然に文通は途切れて歳月が流れていきました。

一九九三年、私が東京に滞在する機会ができました。日韓市民交流会という集いで、民間交流を活発にさせて隣国同士が平和的に過ごそうという趣旨でした。飲み会の席で、私は「昔の友だちに会いたいので、探してほしい」とお願いしました。

1978年冬に慶州市内を歩く永冨衛

翌日、日本を代表する広告代理店の電通から連絡が入りました。永富さんの連絡先と勤め先を調べてくれたのです。電通の情報力にはさすが驚きました。

彼は山口県で新聞記者をしながら詩人として活躍しているとの伝言でした。連絡すると急きょ、彼は東京まで来てくれました。二日間、東京を案内してもらいました。その時印象深い事が二つありました。一つは一人芝居「土佐源氏」です。魂のこもった演技を見て感銘を受けました。その一人芝居をソウルでも催してみたいなと思いました。もう一つは朝倉美術館に行った時の事です。こちらに展示されている美術品の多くが韓国から来ていて、いつかは韓国に戻らなければならないと言われたのです。

二〇〇四年五月、ついに「土佐源氏ソウル公演」が実現しました。私が会場となる場所の交渉をしたり、パンフレットのデザインを頼んだり、チケットを売ったり、台本の翻訳をしたりと走り回りました。広報先は大学の日本学科宛てでした。観客は教授と学生がいっぱいだったので成功しました。翻訳は要らなかったのに、的(まと)を得ない翻訳で恥ずかしい思いもしました。

公演後、その俳優と鐘路のピマッゴルで豚肉と焼酎で食事をしました。俳優は食事量が私より多かったのでびっくりしました。父と同じ年の俳優は、一時間の演技でも体力を消耗すると説明されました。なるほど全力を注がなければ観客の心は動かないのだと感じました。この一人芝居は二〇〇五年釜山でも催されました。

二〇〇六年、永冨さんの詩集を翻訳して小さな本を作りました。それが福岡の在日韓国人小学校の教材として使われたのだと風の便りで聞いて、やり甲斐のある仕事だったと思いました。

コヴィット19（コロナ）が流行る前、永冨さんの誘いで中国の友だちが住んでいる山東省に一緒に行きました。そこで面白い話をしました。中国語の語彙（ごい）は日本語から導入されたのが多いという話でした。皆さんもご存じのように、朝鮮策略の著者も長年日本に滞在していたし、二〇世紀の始めに大勢の中国人が日本に留学しました。自然に日本語の語彙がたくさん中国語に導入されるようになったのです。私は今、韓中日の三か国の共通語を整理する作業に専念しています。

かつて日本のある会社を訪れた時の事です。「あなたは何しに日本に来ましたか」と問われました。「日本の先進市場を勉強するために参りました」と答えました。すると二つ助言して下さいました。一つは旅行する事、もう一つは友だちを作る事でした。その瞬間、わが社の社長が「人間関係を大事にしろ」と言われたことが納得できました。

そろそろ話をまとめる時間になりました。提案が一つあります。日本の姉妹都市はありますが、友好交流都市はないので、九州や中国地方の都市との交流ができたらいいなと思います。よかれあしかれ、この地域は昔から韓国との関わりが深いからです。隣国同士の交流が活発になればなるほど平和維持の可能性が高くなります。来月一〇月上旬、永冨さんと東京でお目にかかることにしました。彼に話したら力になってくれるはずです。ではこのへんで終わりにします。ご静聴、有り難うございました。

李東福さんの略歴

1958年　韓国慶州市生まれ
1981年　慶北大学政治外交学科卒
1984年　朝鮮日報社出版局
2007年　吉林大学(中国)留学
2010年　エデュ朝鮮
2015年　ソウル市役所
2021年　高陽市役所

東京で再会した永冨衛(左端)と李さん一家。左から2番目が李東福さん(2023年10月)

永冨衛さんに聞く

×

Interviewer 堀雅昭（作家・UBE出版代表）

長いつき合い

【堀】 永冨さんとはウベニチ新聞の記者時代からのおつき合いになります。一九九五年に「琉球見聞録」で地方文学の新人賞（コスモス文学賞）を戴いたときに取材されてからと思ってましたが、当時の新聞を調べましたら、九三年に「冥途旅行」という長編小説を書かせて戴いています。たぶん、そのころからなんでしょうね。

【永冨】 そういうの、ありましたね。最初のころは小説を書いておられたから。

【堀】 ハイ。あれは「群像」の第三五回の群像新人文学賞の一次予選通過した作品でした。宇部には当時、宇部時報という地域紙が別にあって、同じころに郷土史を書き始めているのですが、この二つが二〇〇四年に合併して宇部日報になりました。それで永冨さんも、そこの記者に代わられて、結果的に三〇年近く、私の担当になって戴きました。そんな新聞記者生活も、今年（二〇二三年三月）で完全勇退ということで、大変お世話になりました。

【永冨】 振り返れば、長いつき合いですね。それでこのたびは、エッセイ集を出さないかと声をかけてくれて、ありがとうございました。

【堀】永冨さんは記者の傍ら、自身の詩作を中心にエッセイなどを勤務先の新聞で発表されておられました。あんなスタイルは、あの時代の、地方新聞でしかできないと思いました。

【永冨】堀さんには、ボクが出していた個人誌の「彷徨」や「土佐源氏つうしん」にも、何度か書いて戴きましたね。

【堀】全くのボランティアで…（笑）。今回も、そういう長いつき合いの延長線上に、出版のお声かけをしたことになります。そういう経緯もありましたので、「宮本常一関係の写真、確かあったよね」と言われて、妻のアサ子さんが夫の遺影を持って墓前で撮った写真を提供させて戴きました。あれは毎日新聞の山口版での長期連載「太平洋を渡った海人たち」の最終回（二〇〇五年三月一日）で掲載した写真です。

【永冨】もう二〇年近くも前なのですね。今回「民俗学の原点」（七一ページ）で使ったあの写真も、いまとなっては貴重な記録資料です。

人材輩出の地方

【堀】永冨さんは一九五三年生まれで、私より九歳上、しかも藤山小学校、藤山中学校なので、学校でも先輩です。有名なところでは、女優の西村知美さんも同じ小中学校の出身で、彼女は我々の後輩ですよね。宇部市はユニクロの柳井正さんとか、洋画家の松田正平さんなども出ています。藤山からも、他に有名人が出てますでしょう。

【永冨】女優の芳本美代子さんは、高校は藤山の香川高校に来ていたので、ボクの後輩になる

西野家の屋号紋入りの瓦（西野本家にて・2008年6月）

のかなあ。映画監督の山田洋次さんは、戦後は藤山の秋富家で暮らしていましたしね。当時の生活が「男はつらいよ」シリーズのモチーフになっていると、堀さんも書いておられましたね。

【堀】シン・エヴァの庵野秀明さんは隣の鵜ノ島小学校から藤山中に入学して、私の二つ上でした。藤山は昭和戦前まで廻船業で栄えた所で、昔は藤曲浦と呼ばれていた場所です。永冨さんのお母さんの親元も藤山で、廻船業の西野本家（故、西野安俊家）。近くの西宮八幡宮の玉垣にも、おじいさんの西野杢助（もくすけ）さんの名前が刻まれているでしょう。あれは日露戦争後の明治三九（一九〇六）年に、藤山商船組合の船主たちが寄進した玉垣です。

蔵で過ごした子ども時代

【永冨】西野杢助は母の父で、明治二（一八六九）年の生まれでした。明治から大正にかけて栄えた旧家でした。オヤジは陸軍将校だったけど、敗戦で住む家がない。それでオフクロの実家の西野家の衣装蔵を改装して、一家が住んでいて、そこで生まれたのがボクですよ。

【堀】満洲から引き揚げた山田洋次さんの一家が秋富家の蔵で居候していたのと似てますね。

【永冨】まあ、そうかなあ。

【堀】西野家からは、宇部では俳人で有名な西野理郎さん（本名・正哲〔まさとし〕）が出ておられるでしょう。一九九二年度に、現代俳句協会賞の次席を貰われました。

【永冨】理郎さんはオフクロのいとこじゃないかな。オフクロも理郎さんから俳句の手ほどきを受けて、一時期俳句をやっていました。

【堀】お母さんは、油絵を描かれておられたですよね。文学好きはお母さんの家系の影響でしょうか。お父さんは山口市嘉川の出身だと…。

「西野杢助」の名が見える玉垣
（右端・2023年11月）

【永冨】オヤジは永冨右太郎といいますが、文学関係の話はないネ。山口中学時代に柔道部で、一九三二年でしたか、団体で全国優勝したときの写真が「山口県立山口高等学校百年史」に出てるくらいです。戦後は地元の炭鉱や宇部鉄工所に務めました。

【堀】お兄さんが二人いらして、両方とも博士号を持たれているとお聞きしましたが。

【永冨】一番上の兄が工学博士で、二番目の兄が農学博士。二番目の兄は五二歳で亡くなりました。ただ、文学には二人とも縁はなかったようです。やっぱりボクだけかなあ。

祖父・西野杢助のルーツ

【堀】この前、上宇部小学校に行きましたら、おじいさんの西野杢助さんの顔写真が、校長室の隣の部屋に飾ってありました。明治三〇（一八九七）年四月から一年四か月間、第七代校長をされていたようです。そのあと日露戦争なので、西宮八幡宮の玉垣建立のときは、廻船業を本気にされていたのでしょうか。

【永富】西野杢助は山口師範を出てました。ただし、西野家には養子で入ったのです。本来の家は、今は下関市菊川町になっている田部で、家が郵便局だったとオフクロが言ってました。行ったことはありませんが、稲田という家です。

【堀】明治七（一八七四）年一二月に、田部で最初の郵便局ができた時の局長に、稲田儀左衛

上宇部小学校蔵

門という名前を「菊川町史」で見つけました。

【永富】それが西野杢助の実父で、ボクの曾祖父になります。

【堀】「逓信六十年史」を見ると、「田部局」の歴代局長が、稲田儀左衛門、稲田安吉、西野杢助、稲田隆亮と続いていました。

【永富】それは初めて知りました。

▼インタビュー後、山口県立田部高校近くの稲田家に永富さんと訪ね、稲田隆亮の息子・有俊さんの嫁である幾久代さん（昭和一〇年生まれ）にお会いした。すでに郵便局舎はなかったが、昭和四（一九二九）年に建てられた局舎（Ⅲ章扉の写真）の一部が敷地内で少し移動して自宅の一部になっていた。ご自宅には明治

七年一二月付で「駅逓頭　前島密」名で稲田儀左衛門に、「郵便御用取扱申付」をした任命書も額装されて飾られていた。

　巻物状の古い家系図も見せて戴いた。冒頭は忠重（童名熊若丸　少輔三郎　平右衛門尉）。天正一一（一五八三）年六月二八日に生まれ、慶長五（一六〇〇）年の関ヶ原の戦いで筑前名嶋城主の小早川家が断絶したことで、肥前唐津城主の寺澤兵庫頭に仕え、さらに寛永一四年の天草四郎の一揆の責任を取り寺澤家も断絶した。このため豊前小倉城主の小笠原大膳太夫に仕えて、明暦三（一六五七）年に七五歳で亡くなった記録が見える。田部に移ったのは息子「重兼」の時代で、「老母」を連れて下関に赴き、祖父と親交のあった百田氏が田部に住んでいたことで、寛文二（一六六二）年に自身も田部に居住したらしい。それが稲田家のルーツだった（家系図の解読には山口県文書館のご協力を戴いた）。

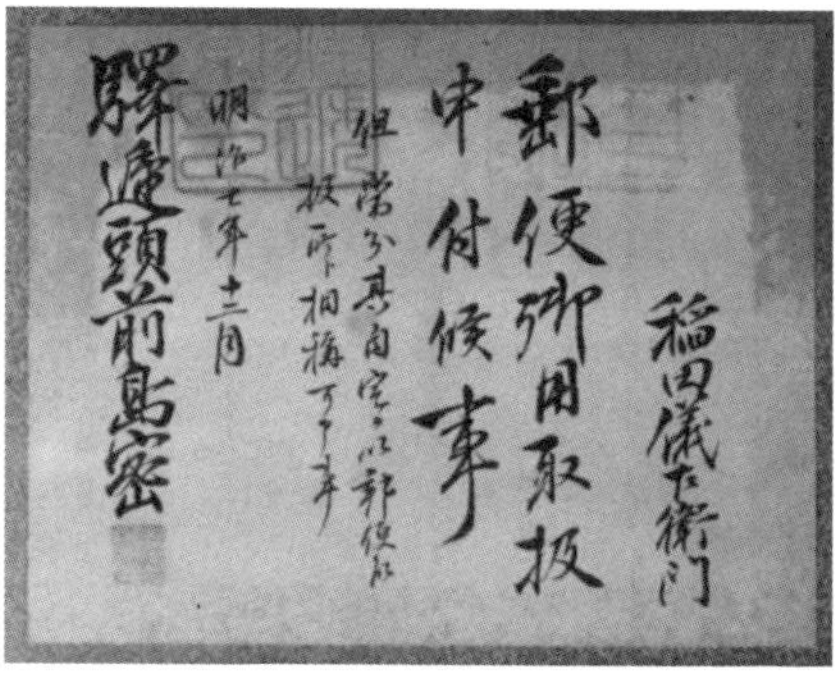

明治7年12月付の「郵便御用取扱申付」書（稲田家蔵）

永冨衛（左）に家系を説明する稲田幾久代さん（稲田家にて・2023年11月）

あとがき

本にまとめてみませんか…。

UBE出版から声をかけられたのが新聞社を退職して半年あまりがすぎた晩秋で、ようやく世間の生活になじめた時期だった。時宜を得たかなと出版をお願いした。

真剣勝負の表現の場として長年、同人誌や雑誌に詩を書いていた。エッセイをしたためるのはもともと遊び心からであった。が、それは二〇一一年三月一一日の東日本大震災に覆された。新聞記者として被災地を取材するたびにエッセイを書きながら真剣勝負だと肝に銘じるようになった。

本州の西端から東端まで旅のように通いつづけて、被災者と膝を突き合わせて話を聞いてきた。心に土足で入らないように、脱いだ靴をそろえて被災者と向き合ってきたつもりだ。

旅の原点に返ってみると東北地方に立ち寄った学生時代に行き着く。

四十数年後、3・11がきっかけで岩手県の地域紙「盛岡タイムス」との縁をもち、被災地取材の裏話や古里山口の文人などをつなぐ原稿を書かせていただいている。外国語スピーチ大会の原稿をエッセイ集に寄せてくれた李東福さんとの長いつきあいの振り出しは、一九七八年の学生時代の韓国旅である。

たまたま出会った人たちが、ボクの〝旅列車〟に同乗してくれてエッセイを書かせてくれている。たどり着いたのが観光地ではあっても、観光地が最終目的地ではない、各駅停車の列車に乗るつもりである。ボクにはそれが性に合っているし、そこから旅の真骨頂を見るのは実に心地よいからだ。

エッセイ集の刊行に際して、中原中也記念館、山口市小郡文化資料館、山頭火ふるさと館、宮沢賢治記念館、壺井栄文学館、松山市立子規記念博物館などに協力を仰ぎ、提供してもらった資料を活用した。

「I　被災地を歩く」は二〇二二年一〇月〜一一月まで「盛岡タイムス」での連載。「II　文学めぐり旅」の各稿は同紙二〇二三年五月からの連載。また、「壺井夫妻に誘われて」は「詩人会議」(二〇一九年一二月号)、「種田山頭火と宇部」は文藝同人誌「飃」(一二四号)に発表したものを加筆、改稿した。編集を担当したUBE出版代表で作家の堀雅昭さんとは同郷で、原稿のキャッチボールを繰り返し、いびつな原石である原稿を磨き、世に送り出してもらった。ルーツも垣間見ることができた。謝意を表わしたい。

二〇二三年一二月　　　　　　　　　　　　　　永冨　衛

著者略歴　永冨 衛(ながどみ まもる)

1953年 山口県宇部市生まれ
1978年 島根大学農学部卒
1980年 島根大学大学院農学研究科修了
ウベニチ新聞社
▼1986年 詩人会議新人賞佳作
2004年 宇部日報社
▼2021年 宇部市文芸大会詩部門市長賞
2023年 宇部日報社退職

山陰詩人同人 ・詩人会議会友

旅する詩人 ◆永冨衛エッセイ集◆

著 者　永冨 衛　　2024年1月1日 第1刷発行

発行者　堀 雅昭
発行所　UBE出版
山口県宇部市北条一丁目5-20　〒755-0802
TEL　090-8067-9676

印刷・製本 UBE出版印刷部

ISBN978-4-910845-04-3 C0095